KB052988

맞지 않는 선 이야기

맞지 않는 선 이야기

1판 1쇄 2023년 1월 5일

지 은 이 안혜진
일러스트 민지이

발 행 인 주정관
발 행 처 북스토리㈜
주　　소 서울특별시 마포구 양화로 7길 6-16
　　　　　　서교제일빌딩 201호
대표전화 02-332-5281
팩시밀리 02-332-5283
출판등록 1999년 8월 18일(제22-1610호)
홈페이지 www.ebookstory.co.kr
이 메 일 bookstory@naver.com

ISBN 979-11-5564-285-6 03810

맞―――― 선 이야기
지 않는

안혜진 지음

북스토리

내가 아는 선과 소개팅의 결정적인 차이는 목적에 있다. 선은 전제 자체가 결혼이라는 뚜렷한 목적이 있는 만남이다. 결혼은 인륜지대사라는 말이 있을 만큼 인생에서 가장 중요한 결정을 내리는 것이고, 그런 중요한 일을 치를 준비가 된 남녀가 서로를 자신의 인생에 들여놓을 수 있는 사람인지 가늠해보는 자리가 선이라 생각한다.

소개팅은 결혼보다는 연애가 하고 싶은 사람들이 이성을 만나기 위한 첫걸음쯤 된다고 생각한다. 소개팅은 "아님 말고"가 되는 편이고, 선보다는 조금 가벼운 마음가짐을 가질 수 있다.

물론 선도 '얼굴이나 한번 보고, 모르는 사람 인물 탐구한다 생각하지 뭐'라고 할 수 있겠지만, 이미 목적 자체가 소개팅보다 가볍지 않다. 선은 당사자들 그리고 양가의 바람이

동일하고, 모든 과정이 보다 심도 있고 신중하게 진행된다.

남녀가 만났을 때 서로의 나이를 더해 60이 넘으면 그때부터는 소개팅이 아닌 선에 속한다는 말이 있다. 그 말에 따르면 나는 거의 선을 봤다. 30대 중반부터 본격적으로 선 시장에 발을 들여놓게 되었다. 선은 오롯이 나와 상대만을 보는 시간이라 만남부터 끝날 때까지 최대한 예의를 갖춰서 그 시간을 보내야 하는데, 그게 참 어려웠다. 그간 내가 겪었던 선은 가혹하게 느껴질 만큼 모진 시간들이었다. 혼자서 상대를 끝까지 견뎌내야 한다는 게 고문처럼 느껴지기도 했다.

선은 대부분 부모님의 주선을 통해 이뤄졌다. 선을 보고 난 후에 상대가 왜 마음에 들지 않는지를 부모님에게 전달하는 것은 세상의 이치를 깨닫는 것만큼 어려웠다. 나와 너무 맞지 않는 사람이 나와서 우울함이 극에 달했는데, 부모님은 상대에 대한 정보만 알고 있기 때문에 나의 감정을 굉장히 사사롭게 치부하시기도 했다.

친구들에게 '이런 남자가 선 자리에 나왔어'라고 이야기하면, 거의 즉각적으로 위로와 응원을 받을 수 있었지만, 부모님과는 이 부분에서만큼은 시원하게 풀리지 않는 답답함과 섭섭함이 있었다. 부모님의 심정이 이해가 안 된 적은 없었지만 내 입장에서 더 깊게 헤아려주길 바라는 마음이 컸다.

'맞지 않는 선 이야기'라는 제목처럼 선과 소개팅을 오가며 겪었던 이야기다. 모든 이야기는 내가 직접 겪었던 실화를 바탕으로 하고 있다. 선은 목적이 있는 만남이기에 상대가 하는 행동, 말투, 표정 모든 것에 의미를 두었다. 거의 모든 선과 소개팅 자리는 두세 시간 이내로 종결되었고, 대부분 일회성 만남으로 짧은 시간에 한 사람을 파악해서 결정해야 했다.

만남 후 애프터에는 가열차게 노를 외쳤다. 두세 시간 동안 있었던 일들은 순식간에 나를 지하로 끌어내릴 만큼 우울하게 만들기에 충분했다. 짧다면 짧은 시간이지만 강력한 인상을 줄 수 있는 시간이기도 했다. 짧은 시간 동안 전혀 모르는 사람의 단적인 부분에 대한 인물 탐구 정도로 봐주길 바란다.

선 자리에서는 사람에 대해 예의가 있는지 그리고 나와 잘 맞는지를 중점적으로 봤다. 상대에게 잘 보이기 위해 맞춤 서비스하는 듯한 예의가 아닌, 몸 깊이 배어 있는 뼛속 매너를 중요하게 봤던 것 같다. 그리고 그 무엇보다 가장 중요했던 건 나와 잘 맞는지, 그 누구도 아닌 나에게만 좋은 남자인지를 파악하려고 했다.

모든 이야기의 초점은 처음 보는 상대가 나를 대하는 태도에 관한 것이다. 상대 남성의 외모를 표현할 때 다소 거북하게 느껴질지도 모르겠다. 상대 남성을 폄하하기 위해서 과장한 것이 아닌, 지극히 사실적으로 표현을 하려고 했다. 약간의 과장은 있을지 모르겠지만, 직접적으로 겪은 감정을 서술

한 것이다. '얼평' '몸평'이 아닌, 당시 상황과 감정을 최대한 느낀 그대로 글로 옮겨보려고 노력했다. 음식을 먹을 때 '짜다' '맵다' '달다'라고 즉각적으로 느껴지는 맛에 대한 반응처럼 표현하려고 했다.

물론 한 사람을 이해하고 표현함에 있어서 맛과 비교할 순 없겠지만, 최대한 감정을 빼고 사실적으로 작성하려는 데 심혈을 기울였다. 상대 남성분의 인권 보호를 위해 이름, 회사, 동네 등 개인정보는 최대한 제외했고 선을 보는 동안 있었던 일들을 중점적으로 적었다. 그로 인해 조금씩 각색이 있다.

궁금해 할 부분에 대해 미리 답변을 하자면 나는 이제 선을 안 봐도 된다. 이 길고 긴 터널을 한없이 걸어오니 끝은 있었다. 결국 선으로 결혼상대자를 만나지 않았다. 선을 보면서도 이렇게는 결혼 상대자를 못 만날 것 같다는 잠재의식이 있었는데 그게 맞았다. 어쩌면 그런 잠재의식이 항상 작동했기 때문에 선을 보는 모든 과정이 유난히 힘들었을지도 모른다.

내가 겪었던 에피소드보다 더 심하고 우울한 사연을 가진 사람들이 있을 것이다. 하지만 내 이야기를 통해, 나와 비슷한 상황에 놓인 사람들에게 조금이나마 위로가 되었으면 좋겠다. 오늘도 끝나지 않을 것 같은 길고 긴 터널을 걸어가고 있는 모든 분들이 재미있게 보아주셨으면 좋겠다.

CONTENTS

직접 겪었던
14건의 선 자리 이야기

코로나 확진자 수가 연일 최고치를 경신하던 무렵이었다. 오히려 그 시기가 나에겐 심적으로는 편하기도 했다. 그 이유는 선을 안 봐도 되니까. 하지만 나는 망부석 싱글이었다. 안 그래도 소개팅 자리가 없었는데, 더 없었다. 난 눈치 없이 그 상황을 편하게 즐겼다.

그러나 부모님은 조금도 편치 않으셨고, 무시무시한 코로나를 뚫고도 만남이 성사되었다. 엄마는 이번에도 조심스럽게 누군가의 소개로 알게 된 남성에 관한 너무나 짧은 프로필을 말씀해주시면서 내 연락처를 전달했으니 조만간 연락이 올 것이라고 하셨다.

AI(공감능력 제로)

선에 관해서 말할 때마다 난 너무나 예민하고 신경질적인 사람으로 돌변했다. 괜찮다 싶은 남자들은 숨바꼭질 달인들인지 단체로 숨어서 좀처럼 나오지 않았고, 선이라는 것 자체가 두려운 일이 되어가고 있었다.

정녕 이제는 선 자리에 나올 만한 사람들만 남은 건가 싶은 절망감이 깊게 뿌리를 내렸고, 시간이 흐를수록 자리를 잡아가고 있었다. 나와 맞지 않는 사람들을 어떻게든 끼워 맞춰야만 결혼이라는 걸 할 수 있는 건지 점점 무섭고 두려워졌다. '선을 통해서는 결혼상대를 만나지 못할 텐데'라는 잠재의식이 알레르기 반응처럼 온몸을 휘감았고, 선 자리에 관한 이야기만 들어도 강력한 두드러기가 일어나는 것 같았다.

하지만 한번 전환된 싱글모드는 좀처럼 해제가 되지 않았다. 이 지긋지긋한 굴레를 어떻게 벗어날 수 있는지 덫에 걸린 듯 답답했고 초조했다. 엄마는 이번에도 내 눈치를 한껏 보시면서 조심스럽게 선볼 남자에 대한 짧은 프로필을 전달해주셨다. 그리고 그 끝은 "일단 한번 만나봐"라는 똑같은 멘트였다. 날이 갈수록 그 문장 자체가 치가 떨릴 만큼 싫어졌고, 듣는 순간 머릿속에서 지워버렸다. 엄마한테 전달 받은 내용은 머릿속까지 저장되지 않고, 흘려졌다.

당시 코로나 확진자가 심각한 수준으로 늘어나 정부는 재택근무를 권장하며 최대한 집에 머무르도록 하고 있었다. 그래서 "어차피 못 만날 텐데……" 싶었다. 코로나라는 확실한 변명거리가 있었기에 연락이 온다고 해도 내가 먼저 "코로나가 너무 심해서 못 만나겠네요"라고 해야지 다짐하고 있었다. 그때는 전 세계가 만들어준 강력한 핑계거리가 고맙기까지 했다.

집에서 일을 하느라 집중하고 있던 무렵이었다. 무음으로 해놨던 핸드폰 액정에 모르는 번호로 전화가 걸려왔다. 순간적으로 이건 무조건 받아야만 할 것 같았다. 온 신경의 세포를 곤두세워 전화를 받았다. 실제로 통화했던 내용은 다음과 같았다.

나 : (조금 놀래서) 여보세요?

남 : (억양이 굉장히 쎈 경상도 사투리) 아~, 코로나 때문에 못 만날 것 같은
    데요?

순간 '최신 보이스피싱 수법인가? 전화 받자마자 무슨 말
이지?' 싶었다. 주변에 이 정도로 억양이 강한 사투리를 쓰는
사람이 없었다. 순간 '내 정신을 쏙 빼서 날 현혹시키려는 건
가?' 하는 생각도 들었고, 그 짧은 순간에 의구심과 불쾌감이
다가왔다.

나 : (보이스피싱을 의심하며, 약간은 화가 난 목소리로) 누구시죠?

남 : 아~, 못 들으셨나? 만나기로 한 사람인데, 코로나 때문에 못 만날
    것 같아서요.

내가 알고 있는 전화의 순서는

1. 첫인사 (여보세요. Or 안녕하세요.)

2. 전화를 건 사람의 신분을 밝힌다. (저는 ○○○입니다.)

3. 전화 받는 상대가 맞는지 확인한다. (○○○맞으시죠?)

4. 전화를 건 용건을 말한다. (○○○건으로 연락했습니다.)

5. 구체적인 이야기를 한다.

6. 맺음말 & 끝인사 (인사 후 종료)

이건 나만 알고 있는 건지도 모르는 일이다.

이제부터 선 자리에 나온 남성들의 명칭을 '선남', 소개팅에 나온 남성은 '남성'이라는 호칭으로 통일하겠다.

학교에서 전화 받는 순서를 배울 때, 딱 그 순간 잠이 들었거나, 결석을 해서 차마 알지 못할 수도 있다. 사람마다 각자의 상황이나 처지가 있는 법이니까 넘어가야 했다.

나 : 아 그래요? 그랬던 것 같기도 하네요. 제가 깜빡했나 보네요.

남 : 코로나가 너무 심해서 못 만날 것 같아서 전화했어요.

나 : 그러게요. 점점 심해지네요.

남 : 뭐 하고 있었어요?

나 : 집에서 작업 중이었어요.

남 : 재택 자주 하나요?

나 : 요즘 코로나가 심해서, 좀 하고 있어요.

남 : 코로나가 너무 심하네요.

나 : 그러게요.

남 : 네, 그래서 안 될 것 같아서요.

나 : 네, 알겠습니다.

전화를 끊고 선남과 나눴던 대화를 복기해봤다. 결국 만나지 않겠다는 의사를 통보한 걸로 판단했고, 엄마에게도 그렇게 전달했다. 전화로 선남이 일방적으로 통보를 했고, 기분이 좋진 않았지만 다행이다 싶었다. 코로나가 이렇게 또 한 명을 걸러줬구나, 고마웠다.

전화 통화를 하고 며칠 뒤 주선자가 선남과 내가 나눴던 통화 내용을 상세하게 엄마에게 전달했다. 엄마는 마치 선남과 내가 통화할 때 바로 옆에 있었던 것처럼 알고 계셨다. 선남과 통화를 할 때 내 목소리가 너무 퉁명스럽고 차가워서 선남이 민망했단다. 또한 내가 빨리 끊고 싶어 했다고 했다. 그렇다면 선남은 빨리 끊고 싶지 않았다는 건가? 정작 본인이 그런 의사가 너무나 분명해서 통보만 하고 끊었던 게 아니었던가? 혼란스러웠다.

주선자는 선남과 내가 나눴던 전화 내용을 굉장히 세세하게 알고 있었다. 사실 대화라고 할 것도 없었는데, 내가 말했던 단어나 문장을 그대로 전달했다. 나이가 마흔 중반 되시는 분이 둘이서 나눴던 통화 내용과 나에 대한 느낌을 주선자에게 그토록 자세하게 이야기했다는 사실이 참으로 놀라웠다.

나이와는 상관없는 선남의 성격적인 부분이겠지만, 왠지 나이가 마흔 중반쯤 되면 이제 그런 부분은 굉장히 가볍고도 사소한 일이라 언급조차 하지 않을 것 같은데……. 어쩌면 나만 그렇게 생각한 것일지도 모른다. 어쨌든 황당했고 기분이 좋진 않았다. 선남에 대한 호감도는 하락했고, 첫인상은 이미 별로였다.

엄마는 그 사람이 연락할 거라고, 연락 오면 그땐 좀 부드럽게 하라는 당부를 잊지 않으셨다. 난 연락이 안 올 거라고 확신했다. 어쩌면 확신하고 싶었을지도 모른다. 선남과 통화할 때, 선남은 지금 코로나가 심해져서 안 될 것 같다는 이야기를 반복적으로 했다. 확진자가 좀 줄어들고 괜찮아지면 다시 보자는 둥 지금은 좀 위험하니 시기를 보자는 식으로 약속을 미루거나 제안을 하는 것이 아닌, 완곡히 거절하는 것처럼 느껴졌다. 그래서 다 잊었다. 그러곤 다 지워버렸다.

그로부터 3개월 뒤, 선남에게서 연락이 왔다. 비록 코로나가 가라앉진 않았지만 만나야 했다. 선남의 회사는 우리 집에서 멀지 않은 곳에 있었고, 내가 선남의 회사 근처로 가서만나기로 했다. 서로 연락을 주고받으면서 만날 시간을 정했고, 장소는 선남이 정해서 알려주기로 했다.

시간이 흘러 약속 당일이 되었다. 집을 나서는데 아파트 난관에 앉아 있던 까마귀가 내 면전에다가 구성지게 울어댔다. 불길한 느낌을 한 다발 안았다. 그 처절한 울음은 강한 인상을 주었다.

선남은 약속 당일 오후까지도 약속 장소를 알려주지 않았다. 가지가지 한다 싶었다. 열 받는 감정을 꾹꾹 눌러 메시지를 보냈다.

나 : 많이 바쁘신가 봐요. 오늘 만나기로 했는데, 잊으신 건가 해서 연락
　　드려요. 약속 장소 전달해주시기로 했는데, 아직 답이 없어서요.
남 : 전철역에서 가까운 카페에서 봐요.

그 후 역에서 가까운 커피 프랜차이즈점 지도를 보내왔다. 저녁시간에 만나는데 카페라……. 그래. 이미 만나기로 했으니까 넘어가자.

전철에서 내려 계단을 올라가는데 선남에게 연락이 왔다.

남 : 어디세요?
나 : 거의 다 와가요.
남 : 전철역 출구 앞인데, 기다릴게요.
나 : 네.

전철역 출구 앞에 딱 한 명 남자가 보였다. 남자는 가로등 하나 없이 어둡고 구석진 곳에서 어색해 하며 민망한 듯 서 있었다.

선남은 예상했던 것과는 너무 다른 이미지였다. 풍채가 굉장히 좋은 중년 남성으로, 통화로는 다소 가벼운 느낌이 있었는데, 중후한 부장님이었다.

서로 인사를 하고, 대화도 생략한 채 묵묵하게 카페로 걸어갔다. 카페 안은 카페인지 도서관인지 헷갈릴 만큼 공부하는 사람들로 가득했다. 이렇게 조용하게 공부하는 사람들 틈 사이에서 선을 봐야 한다는 게 창피했다. 창피할 게 아닌데 창피했다.

마스크를 벗고, 본격적인 이야기를 시작했다. 대화라는 단어가 거창하게 느껴질 만큼 제대로 된 이야기를 나눌 수 없었다. 서로 낯을 많이 가렸다. 더구나 이미 선남의 첫인상이 좋진 않았기에 호감도는 떨어져 있었다. 형식적인 질문들만 이어졌다.

그런데 심각하게 배가 고팠다. 그런 내 배 속 사정을 아는 건지 선남은 계속해서 배가 고프냐고 물어보며, 평소 저녁식사는 어떻게 하냐는 질문을 했다. 나는 계속해서 배가 고프다고 대답했고, 저녁은 항상 먹는 편이고 굶는 건 못한다고 했다. 자긴 다이어트 중이라고 했다. 본인이 다이어트 중이어서 카페에서 보자고 한 건가 싶었다. 그런데 왜 배고프냐는 똑같은 질문을 몇 번을 하는지, 놀리는 건가 싶기도 했다.

카페 안의 주변 상황이 신경 쓰였고, 배도 많이 고팠고, 대화를 이어나가는 것조차 너무나 피곤했다. 그런데 그게 없었다. 결정적인 그것! 여태껏 선 자리에 나왔던 남자들은 5분 안에 왜 싱글인지를 알게 해주는 결정적인 이유가 느껴졌었다. 말하지 않아도 느껴지던 그것! "아~, 이래서 혼자구나!"를 알게 해주는 그것!

그런데 이번 선남은 그게 보이진 않았다. 결정적인 그것이 있어야 집에 가서 엄마한테 말할 거리가 있는데 그런 게 없었다. 혼란스러웠다. 엄마한테 뭐라고 말하지? 온갖 촉각을 세워서 찾아봤다.

마침내 헤어질 시간이 되었지만 끝끝내 찾진 못했다. 그래도 역까지 가는 걸음걸이가 가벼웠다. 이렇게 한 건 해치웠다 싶은 안도감이 몰려왔다. "엄마한테는 어떻게든 잘 말해봐야지"라며 집에 도착하기 전까지 이유를 찾을 시간이 있었고, 이렇게 조금 더 미룰 수 있으니 안심이 되었다.

선남과는 전철까지 같이 가게 되었는데 서로 전철이 반대 방향이었다. 서로의 방향으로 헤어지려는 찰나, 선남은 면전에서 애프터를 신청했다. 싫었다. 싫은데, 어떻게 싫다는 말을 고급지게 포장해서 표현해야 할지 몰라서 동공이 흔들렸다. 싫다고 회유하는 표현을 신속하게 고르기 위해 머릿속의 모든 기능들을 풀가동시켰지만, 자료 불충분으로 실패하고 말았다. 머릿속 오류 메시지는 "그래요"라는 메시지를 전송했고, 그건 승낙이 되었다.

선남과 헤어지고 집으로 가는데 내려야 할 전철역을 놓치고 몇 정거장을 더 가서 내릴 만큼 충격적인 일이 일어난 것이다. 또 만나야 한다. 또……. 내가 나를 달래야 했다. 그래……, 엄마한테 말할 결정적인 이유를 못 찾았으니까……. 그래, 그랬으니까 이건 내 책임이야. 다시 만나면 이번엔 제대로 다시 찾아보자, 다짐했다.

첫 번째 만남 이후 약속 장소를 선정하기 위해 선남과 메시지를 주고받았다. 마치 회사 거래처 사람들과 저녁도 아닌 점심 식사 한 끼 하기 위해 연락하는 것처럼 사무적인 일을 처리하는 것 같았고, 조금도 이성이라는 느낌이 없었다.

두 번째 만남은 일식집에서 보기로 했다. 선남이 좋아하는 음식은 뭐냐는 질문을 했고, 난 한식, 일식을 좋아한다고 하자 초밥집에서 보기로 했다.

결전의 날이 되었다. 이번엔 잘 찾아야 돼! 전쟁에 출전하는 용사처럼 결의를 다지며 가슴과 머릿속에 다시 새겨 넣었다.

약속 시간보다 5분 정도 일찍 도착할 것 같았다. 약속 장소 입구에서 선남에게 메시지가 왔다.

남 : 어디세요?
나 : 다 왔어요.
남 : 출구에서 기다렸어요.

약속 장소는 전철역 출구도 아니고, 출구에서 만나서 같이 들어가자고도 하지 않았는데, 좀 의아했다. 같이 들어가고 싶었다면, 미리 연락을 하면 되지, 날도 추운데 왜 무턱대고 기다리는지. 연애에 많이 서툰 사람 같았다. 그리고 그 서툶이 답답하고 싫었다. 이런 건 좀 배워서 오면, 아니 이미 알고 있었으면 좋을 텐데 싶었다.

식당에 먼저 도착해서 앉아 있자, 조금 뒤 선남의 모습이 보였다. 이번에도 서로 형식적이고 상투적인 이야기들만 조금씩 나눴고 숨 막힐 듯한 정적이 계속되었다. 메뉴를 고르는 과정에서 본인은 다이어트 중이라 많이 먹지 않는다는 이야기를 했다. 나는 평소 초밥을 좋아하고 허기가 많이 졌지만, 혼자서만 많이 먹는 모습을 보이고 싶지 않아, 양이 적은 메뉴를 시켰다. 선남도 나와 동일한 메뉴로 주문을 했다. 그러고 나니 또다시 이어지는 숨통을 조여오는 적막함.

회전초밥집이라 돌아가는 초밥들에 시선을 뺏겨 시간을 좀 보내고 나니, 메뉴가 나왔다. 식사를 하면서 조금이나마 대화를 할 수 있었다. 가족관계에 대한 질문을 하게 되었다. 선남은 남동생이 있다고 했다. 동생은 이미 결혼을 했고, 조카가 두 명 있다고 했다. 선남은 먼저 결혼한 동생에 대한 이야기를 할 때 씁쓸한 표정을 고스란히 지어 보였다.

초밥의 양은 간에 기별도 안 갔고, 회전 초밥에 시선을 빼앗겨 한참을 쳐다봤다. 배가 고팠다. 쇼윈도에 진열된 케이크에 마음을 뺏긴 아이처럼 누구라도 졸라서 초밥을 먹고 싶었다. 난 아이가 아니다. 먹을 수 있다. 선남에게 제의를 했다.

나 : 회전초밥도 먹어볼까요?

남 : 사실 초밥을 안 좋아해요. (본인 접시에 놓인 초밥을 가리키며) 이거 먹어요.

그런데 왜 약속 장소를 초밥집으로 선정했냐는 질문에 내가 좋아할 것 같아서라고 대답했는데 전혀 고맙지가 않았다. 오히려 찜찜했다. 상대가 좋아하지 않는 음식을 내가 강요해서 오게 한 것만 같은 명분 없는 찜찜함. 그 찜찜함이 싫었다.

선남이 메뉴를 선정했고 식당도 골랐으면, "일식 좋아하신다고 해서 여기를 골랐는데, 전 일식보다 한식을 좋아해요. 다음에는 한식으로 한번 해요"라고 할 순 없었을까. 그건 내가 굉장한 걸 바라는 것이고, 엄청난 욕심이라는 것을 빠른 시간에 파악했다.

그 후에도 대화를 이어가야 했고, 결정적인 '그것!'을 찾아야 했다. 몇 가지 질문을 던졌고 종교가 있냐는 나의 질문에 선남은 "불교"라고 답했다. 선남의 부모님은 믿음이 크시고, 집안에 일이 있을 때마다 절을 찾아가 빈다고 했다.

오케이! 됐다. 건졌다! 우리 집은 3대째 기독교 집안으로 난 모태신앙이며, 집안에 신학대학을 나오신 분도 계신다.

부모님은 교회에서 직책이 있고, 신앙이 깊은 분들이다. 그래, 이거면 엄마한테 말할 게 생겼다.

휴우~! 마음이 놓였다. 그 순간 긴장이 풀려 배가 더 고파졌고, 좀 편하게 이 시간을 보낼 수 있다는 안도감에 그가 권했던 초밥까지 먹었다. 평소의 나라면 절대 하지 않았을 행동이었다. 긴장을 풀고 선남을 살펴보자, 시종일관 시선이 아래를 향해 있다는 것을 알게 되었다. 생각해보니 서로의 눈이 마주친 적이 단 한 번도 없었다.

후식으로 파인애플이 나왔고 비극이 시작되었다. 코로나 여파로 인해 식당은 장사가 잘 되지 않았던 것 같다. 파인애플은 냉장고에 상당히 오랜 시간 보관되어 있었는지 굉장히 차가웠다. 마치 얼음조각을 씹을 때처럼 눈언저리가 찌릿찌릿해지면서 눈이 감겼고 두통이 몰려왔다. 냉장고 안에서 익을 만큼 익었는지 파인애플을 한입 베어 물었더니, 과즙이 입안 가득 퍼졌다. 두어 번 베어 물자 과즙은 입안에서 포화 상태가 되었다. 과즙을 목구멍으로 넘길 준비를 하기도 전에 갑자기 목구멍으로 과즙이 순식간에 빨려 들어가면서 사레가 제대로 들렸다.

관자놀이와 미간, 코끝 그리고 눈까지 전기를 맞은 듯 떨려왔다. 곧바로 기침까지 동반되며, 정신을 못 차릴 정도로 사레가 너무 세게 들렸다. 기침은 계속해서 나왔고, 물을 계속 마셔도 좀처럼 괜찮아지질 않았다. 쉰 목소리가 나오기 시작했다. 코로나로 인해 기침과 재채기를 하면 사람들이 좀비처럼 퍼지는데 마스크를 벗고 식사를 하고 있어서 시원하게 기침을 못하니까 금방 좋아지질 않았다. 식당에서 준 일리터 정도 되는 물통의 물을 거의 다 마시고, 중간중간 조금씩 나눠서 기침을 하면서 겨우 진정이 되었다.

그렇게 십 분 가까이 혼자서 사레와 씨름을 했다. 눈물을 닦고 진정시키고 선남을 봤다. 테이블 가장자리에 양쪽 팔꿈치를 기대고 팔짱을 깊숙하게 끼고서 미동도 표정도 없이 그리고 조금은 한심한 듯한 표정으로 한마디했다.

"물 마셔요."

기계에 입력된 메시지를 출력하는 것처럼 조금의 감정도 없이, 얼음보다 더 차갑게 내뱉었다. 심지어 출력된 말은 그 상황에 맞지도 않았다.

선남의 말을 듣는 순간 누군가 프라이팬으로 머리를 내리친 것만 같았다. 이 상황에서 "물 마셔요"가 맞는 말인지 헷갈렸다. 내가 잘못 알고 있었던 건가, 나의 관념이 흔들리기 시작했다. 난 누군가 이런 상황을 겪으면, "괜찮아요?"라고 말하는 걸로 알고 있다. 심지어 물은 이미 다 마셔서 마실 물도 없었다.

결혼할 준비가 되어 있고, 결혼하고 싶어 하는 모든 남자들을 만나볼 수는 없다. 내가 만나 볼 수 있는 남자들은 그중에서 극히 일부분의 사람들이다. 그렇기 때문에 선 자리에 나오는 사람들이 나에겐 큰 의미가 있다. 그 남자들을 기준으로 판단을 하기 때문이다. 이제 이런 남자들만 남아 있는 건 아닌가? 내가 만날 수 있는 사람들은 도대체 어떤 남자들이란 말인가? 머리가 흔들릴 만큼 혼란스럽고 어지러웠다.

이런 상황에서 괜찮냐고 걱정하며 물어봐주는 남자를 만나고 싶은 내가 현실적이지 못한 것일까 싶었다. 그게 죽을 때까지 오로지 나만 사랑하며 능력, 집안, 인성까지 갖춘 훌륭한 훈남을 기대하는 것처럼 말도 안 되는 허황된 꿈인지, 순식간에 나의 세계가 흔들렸다.

조금의 온기 없이 소름끼치듯 차갑게 내뱉은 말에 눈물이 핑 돌았다. 순식간에 이빨이 덜덜 떨릴 만큼 온몸에 한기가 느껴졌다. 나의 온 정신을 쏙 빼놓기에 충분한 말이었다. 조금의 준비도 없이 순식간에 선남 밑바닥에 위치한 인성을 보게 된 것 같았다. 너무 싫었다. 오른쪽 새끼발가락 발톱에 있는 힘까지 끌어서 표정 관리를 했다.

식사를 끝내고, 자리를 옮겨 카페로 가기로 했다. 달달한 게 필요했다. 달달한 걸 먹으면 조금은 위로가 될지도 모른다고 생각했다. 조금 걸어가자 다행히도 마카롱 가판대가 있었고, 내 것 하나를 사고 그 사람 것까지 샀다.

분위기도 좋고 맛있는 디저트와 커피향이 좋은 카페가 근처에 있겠지만, 식당에서 가장 가까운 곳에 위치한 카페에 들어갔다. 그런 좋은 곳에 선남과 같이 가고 싶지 않았고, 카페를 찾아보려는 노력조차 하고 싶지 않았다. 그저 가장 가까운 곳에 있는 카페면 충분했다. 카페에 들어서자마자 메뉴를 주문했다. 주문한 디카페인 커피와 함께 마카롱을 입에 털어 넣었다. 태어나서 마카롱을 두 번째로 먹어본다는 선남의 말에 뭐라고 대꾸를 했다.

집으로 갈 수 있는 시간이 되었고, 더 이상 그 사람을 안 만나도 된다는 것 자체가 감사했다. 온 우주가 날 감싸주는 듯한 큰 위로가 필요했다. 친구에게 전화를 걸었다. 늦게까지 야근을 하고 있던 친구는 고생했고 조심히 들어가라며 서둘러 전화를 끊었다.

"고생했다"는 말보다 "어땠어?"라는 질문을 해주길 바랐다. 그리고 그 열기를 식혀줄 대화를 하고 싶었다. "조심히 들어가"보다 "미친 X이네"라는 위로의 말을 듣고 싶었다. 그 날만큼은 내 신념과 가치관이 흔들리게 하지 않는 사람과 대화를 나누고 싶었다.

선남과 만나기로 한 첫날 아침부터 면전에 우렁차게 울어줬던 까마귀가 너무도 고마웠다. 까마귀의 울음은 "옛다. 액운. 그 사람은 아니니까 미리 알려줄게"처럼 들렸다. 까마귀의 조언대로 기대감도 최소로 낮췄고, 마음도 비울 수 있었다. 힘차게 울어주었기 때문에 그 모든 것에 관대할 수 있었다. 그럼에도 맥이 빠지는 건 어쩔 수 없었다.

평소 술을 못하는 편이다. 알코올이 들어가는 순간 온몸이 빨개지는 체질이라 술을 즐겨 하지 않는다. 그런데 선을 보고 집으로 향하는 길에는 거의 매번 편의점에서 캔 맥주와 안주 한 개를 사서 들어갔다. 맨 정신으로 하루를 끝내기엔 모든 촉각들이 상처받았다. 알코올로 소독을 해줘야 할 것 같다.

이렇게 선을 보고 과자와 맥주 한 캔을 사서 집으로 가는 게 하나의 루틴이 되어가고 있었다. 언제까지 이 루틴이 계속되어야 하는지, 제발 이 루틴이 사라질 날을 너무나 간절하게 기다리고 기다렸다.

매번 선보고 터덜터덜 집을 향해 가던 길은 유난히 외롭고 슬펐다. 그날은 더 우울했다. 그날의 슬픔이 아직도 생생하게 기억난다. "그래, 또 한잔 술에 이 모든 걸 소독해버리자"라며 하루를 정리하며 맥주 한 모금이 목구멍을 타고 내려가자, 꾹꾹 참았던 눈물도 함께 터졌다.

AI 선남과 헤어지고 완벽하게 혼자가 되자 잘 참았던 눈물이 터져 나왔다. 처음에 잘 봤어야 했는데, 하는 미련과 자책으로 인해 유난히 눈물이 많이 흘렀다. 선을 제발 그만 보고 싶었다. 제발.

누군가 마법을 걸어주듯, 요술봉을 한번 휘두르면 휘리릭 짠하고 내 남자가 나타나면 얼마나 좋을까 하는 상상을 하기도 했다. 현실이 싫어서 전혀 현실적이지 않은 환상으로 머릿속을 가득 채웠다. 언제까지 이래야 할지, 지겹다는 말조차 지겨울 만큼 너무나 지겨웠다.

어디서부터 잘못된 건지, 뭘 고쳐야 할지 알지 못해 답답했다. 고치면 끝이 있는 건지도 확실하지 않았고, 모든 것이 불분명했다. 그 어떤 것 하나 확실하지 않는 이 굴레가 숨통을 조이듯 버거웠다. 그리고 슬펐다. 난 아마추어 선수인데 프로선수와 한바탕 경기를 끝낸 것만 같았다. 한마디로 속절없이 당한 것만 같이 억울했다.

그리고 분했다. 왜 이런 기분을 들게 하는지, 불쾌하고 불합리한 것만 같았다. 사레와 한참을 싸울 때 괜찮냐는 말 한마디만 들었어도 이런 기분이 들진 않았을지도 모른다. "괜찮냐"라는 말 한마디가 뭐라고 이리도 억울하고 서글픈 감정이 드는지. 그 말을 들었다고 한들 큰 차이는 없었겠지만, 처참했다. 난 그런 상황에서 괜찮냐는 말 정도는 들을 만한 사람이라고 생각하는데, 그런 자격조차 없는 하찮은 사람이 된 것만 같았다.

걷잡을 수 없는 우울감은 자기비하로 변했다가, 열등감이 덮쳤고 한없이 쓸쓸했다. 더 이상 이런 감정을 겪고 싶지 않았다. 하지만 정말 이 길고 긴 터널을 다 건너가야, 정말 끝나야 끝나는 것이기에 더 힘을 내서 걸어가야 했다. AI처럼.

이번 이야기의 선남은 처음 연락을 할 때부터 지독하게 한숨이 많이 나왔다. 가슴을 타고 올라오는 한숨은 내뱉기가 무섭게 명치를 터치하고 다시 올라오곤 했다. 선 자리에서도 계속 한숨 쉬는 걸 내가 알아챌 만큼 한숨이 끊이질 않았다. 자제하려 했지만 끊임없이 한숨이 새어 나왔다.

한숨남

이 만남 역시 엄마의 주선으로 보게 되었다. 이번에도 엄마는 한껏 내 눈치를 보면서 조심스레 그 남자의 프로필을 읊어주셨다. 끝은 항상 "일단 한번 만나봐"라는 말과 함께 나의 못마땅한 표정, 그리고 답답한 현실의 대환장 3대 콜라보.

엄마에게 전달받은 지 한참이 지났는데도 선남에게서 연락은 없었다. 엄마는 내 눈치를 한껏 보시다가 한 번씩 연락 여부를 물어보셨다. 매번 연락이 없다고 하자, 엄마는 주선자에게 다시 연락을 해보셨고, 선남 집안에 일이 있었는데, 최근에 정리가 되었고 조만간 연락을 할 예정이라는 소식을 전해 들었다.

이번에는 왠지 모르게 모든 걸 다 내려놓게 되었다. 침착했다. 그래서 그 어떤 것에도 연연하지 않게 되었던 것 같다. 어쩌면 이런 일을 겪게 하기 위한 내 마음가짐의 성지순례였

는지도 모른다. 선남은 카톡을 통해서 연락했다. 이번에는
카톡 내용을 토대로 적어본다.

남 : 안녕하세요. 소개받기로 한 ○○○입니다. 집안에 일이 생겨서 늦
　게 연락드립니다.

나 : 안녕하세요. ○○○입니다. 괜찮습니다.

남 : 저는 주말에 출근해야 돼서, 주말에는 시간이 안 돼서 주말에는 못
　보는데 어쩌죠? 주말에 출근하시나요?

나 : 주말 출근은 안 해요. 주말에는 저도 선약 있어서 안 되고, 평일에 보
　시죠. (당시에 일이 있어서, 선남의 카톡에 답변을 늦게 하는 상황이었다.)
　죄송해요. 제가 일이 있어서, 빨리 대답을 못 했네요.

남 : 저도 친구들이랑 오랜만에 만나서 한잔하고 있어요. 평일에 보죠.
　제가 주말에 연락드릴게요.

나 : 네. 알겠습니다.

　그러곤 주말 내내 연락이 없었다. 작은 약속이지만, 난 뭐
든 확실하게 하는 성격이라 신경이 쓰였다.
　월요일 퇴근 시간쯤 선남에게 연락이 왔다.

남 : 시간은 언제쯤 되세요?

　서로의 시간을 조율하던 중 금요일만 시간이 맞았고, 금요

일에 보기로 했다.

남 : 장소는 어디로 할까요?

나 : 저는 회사는 논현이고, 집은 ○○동입니다. 댁이랑 회사는 어디세요?

남 : 저는 집이 경기도고 회사도 집 근처입니다. 제가 강남으로 갈게요.
　　서울 지리를 잘 몰라서 장소 알아보고 연락드릴게요.

나 : 네, 알겠습니다.

　그 후로 연락이 없었고, 지난번 약속 당일까지 연락이 없었던 AI 선남과의 안 좋은 기억이 떠올라 계속 신경 쓰였다. 한번 그 생각이 들자 불안해졌다. 차라리 내가 알아보는 게 좋을 것 같다는 생각이 들었다. 난 길치가 심한 편이라 미리 길을 숙지하지 않으면 불안하고 신경 쓰였다.

나 : 잘 지내셨나요?

남 : 네, 잘 지냈습니다.

나 : 혹시 실례가 안 된다면, 약속 장소 제가 알아볼까요? 바쁘신데 조
　　금 더 지리를 알고 있는 사람이 찾는 게 빠를 것 같아서요.

남 : 그래 주신다면 감사하죠. 죄송한데 그래도 될까요?

나 : 네, 괜찮습니다. 좋아하시는 음식이 있거나, 가고 싶은 곳 있으시면
　　말씀해주세요. 그 위주로 찾아볼게요. 식당이나 카페 어디가 좋으
　　세요?

남 : 딱히 그런 건 없습니다. 아무데나 괜찮아요. 저녁시간이니까 식사
　　하죠.

나 : 알겠습니다.

　딱히 그런 건……, 아무데나……, 다 잘 먹어……에 맞춰
서 상대가 원하는 걸 알아내기란 365일 까탈스러운 직장 상
사 기분을 맞추는 것보다 어렵다.

　다양한 메뉴와 분위기를 찾아 다섯 군데를 골라서 전달했
다. 리뷰와 가성비를 따져가며 신중하게 골랐고, 거의 오전
시간 동안 찾았다. 평소 경기권에 거주하는 직장동료들이 버
스를 타고 강남에서 내려서 출퇴근할 때 힘들다는 이야기를
많이 들어왔고, 나름 배려한다 해서 버스가 정차하는 정류장
근처 위주로 장소를 알아봐서 전달했다.

남 : 두 번째 집으로 하죠.

　고맙다는 말은 시원하게 생략되었다. 선남들과 연락을 하
면, 혹은 만나면 매번 내 예상을 벗어났기 때문에, 반응이 예
상을 보기 좋게 빗나가도 조금씩 의연해지던 무렵이었다. 하
지만 고마운 걸 고맙다고, 미안한 걸 미안하다고 표현하지
않는 사람들을 만날 때마다 그럴 수 있지, 그런 사람도 있지,
라며 이해도가 상승되진 않았다. 매번 별로였다. 감정을 표

현하는 것에 서툴거나, 자신의 실수나 잘못을 인정하는 것을 신체의 일부가 잘려나가는 것처럼 어려워하는 사람들은 내가 좋아하는 부류가 아니다.

감정 표현에 있어서는 상호작용이 잘되는 사람을 좋아한다. 사소한 것에 감사하고, 남에게 신세를 지면 신세진 부분에 대해 표현하는 사람을 찾고 있었다. 여전히 그게 맞다고 생각한다. 이 부분이 지켜지지 않는 선남들을 거의 매번 만났어도 적응되진 않았다.

나 : 시간은 언제로 할까요?

남 : 제가 금요일은 휴무라 시간은 언제든 상관없습니다. 퇴근 언제 하시나요?

나 : 7시입니다.

남 : 7시 30분에 뵙죠.

나 : 그래요. 7시 반까지 가볼게요.

당시 다니던 회사는 논현에서 가까웠고, 약속 장소는 강남이었다. 약속 시간 맞춰서 가려면 서둘러야 했다. 회사에서 눈치 보며 퇴근 시간보다 10분 일찍 나왔다. 아무리 서울 지리를 모른다지만, 약속 시간을 합의 없이 일방적으로 정했다. 물론 내가 시간을 다시 조율하면 되지만, 그냥 그렇게 하기로 했다. 그렇게 해야 나중에 내가 할 말이 하나라도 더 생기니까. 이건 엄마에게 한 개라도 더 말할 수 있는 건수에 속하기 때문이다. 선을 보고 와서 왜 싫은지를 엄마에게 보고해야 할 때 조금이라도 더 유리하게 작용한다.

약속 장소는 강남 일대에서 유명하다는 피자집으로, 전달했던 블로그에는 저녁 시간에 예약은 필수라고 기재되어 있었다. 365일 차가 막히는 강남, 그것도 한복판에서 보기로 했으니 전철로 이동했다. 오랜만에 하이힐을 신었는데, 약속 장소로 가던 길은 가파른 산을 오르는 것처럼 무지막지하게 높은 오르막길이 계속되었다. 언덕길을 한참 힘차게 올라가고 있을 때 모르는 번호로 전화가 왔다. 선남이었다.

나 : 여보세요.

남 : 여기 왔는데, 30~40분 기다려야 될 것 같은데요?

다급하고 다소 짜증 섞인 목소리는 "난 모르겠어. 네가 빨리 와서 해결해봐"처럼 들렸다. 이 선남은 "이건 네가 할 일이야!"라는 뉘앙스가 연락을 할 때마다 느껴졌다.

나 : 아~, 예약을 안 하셨구나.

너무나 자연스럽게 떠오른 머릿속의 생각이 입술을 힘차게 밀어내며 말이 되어 밖으로 나왔다. 왜인지 모르겠지만,

선남이 당연히 예약을 했을 거라고 생각했다. 선남이 나를 7시 30분까지 약속 장소로 오라고 했고, 장소도 본인이 골랐고, 블로그에도 예약은 필수라고 적혀 있었으니까 당연히 했겠지 생각한 것은 역시나 나만의 생각인 것이다. 예상은 또 보기 좋게 빗나갔고, 순간 화가 났다. 모든 것이 짜증 났다. 공들여 꾸민 것조차 헛수고처럼 느껴졌다. 난 그제야 선남이 내가 전달한 내용을 조금도 안 읽었다는 것을 알았다.

남 : 아, 네. 예약 안 했어요.

나 : 저도 깜빡했나 보네요. 저 거의 다 와가요.

만약 식사시간에 가기로 한 식당에 대기하는 사람이 많아, 장소를 옮겨야 되는 상황에 놓인다면 사람들은 어떻게 행동할까?

나라면 다른 장소를 알아보거나, 주변에 뭐가 있는지 둘러보기도 했을 것 같다. 선남은 팔짱을 끼고 가만히 서 있기를 선택했다. 그 상황 속 선남 생각이 만화 속 말풍선처럼 보였다.

(난 강남 잘 모르고, 여기까지 오는 것도 힘들었는데 여자가 알아서 하겠지. 그냥 기다리자. 예약을 내가 했었어야 하는 거는 맞는 거 같은데, 뭐 어쩌겠어. 이미 안 했는데 뭐. 아무튼 그냥 기다려보자.)

왜 그랬을까? 그 말풍선이 나에게 다가왔다. 그리고 말풍선의 말이 그대로 읽혔다.

약속 장소 앞에 선남이 보였다. 선남은 사진과 많이 달랐다. 사진과 전혀 다른 인상과 체형이었다. 전달받은 사진으로는 건장한 모습으로 다부진 체격으로 보였다. 실제는 왜소한 체격에 키가 작았다. 사진을 어떻게 찍은 건지 모르겠지만, 사진과는 거리감이 엄청났다. 선을 보면서 외형적인 것들로 충격을 받았던 적이 많았기에, 크게 놀랍거나 당황스러워 하지 않게 되었다고 자부했는데 적잖이 놀랐다.

불편한 인사를 마치고 식당을 보자 사람들이 밖에 서 있었다.

남 : 아니, 여기 기다려야 되나 봐요. 30분 정도 기다려야 될 것 같던데.
나 : 직원한테 물어보고 정하죠.

식당 안에 들어가서 직원에게 물어보니 40분 이상은 대기해야 될 것 같다고 했다. 화덕에서 구워서 나오는 피자집이라 음식 자체가 빨리 나올 수 없고, 대기명단에 적힌 이름만 5명은 되었다. 선남은 직원에게 직접 물어본 게 아니라 밖에 앉아 있던 사람들을 보고, 어림짐작으로 시간을 예상해서 말했던 것이었다.

40분 동안 선남과 기다리는 건 나를 너무 학대하는 짓 같았다. 장소를 옮기기로 했다. 난 다급해졌고, 덩달아 걸음이 빨라졌다. 빨리 이 만남을 끝내야 한다. 장소를 빨리 찾아야 한다는 생각밖에 없었다. 갑자기 무조건 잘 해결해야만 하는 일생일대의 중요한 미션이 주어진 것 같았다.

　돌발 상황을 대처하기 위해 눈과 다리가 재빠르게 움직이기 시작했다. 선남의 걸음도 빨라졌다. 내 걸음을 부지런히 쫓아오며 선남이 말했다.

남 : 저기 맛집인가 봐요?

나 : 네, 제가 전달 드린 집 다 맛집이라고 소문난 식당들이에요. 특히
　　저 집은 예약해야 된다고 블로그에 적혀 있었는데.

남 : 아, 그랬군요.

나 : 금요일이라 사람이 더 많았던 것 같네요.

　선남에게 5개의 식당을 골라서 전달했다. 선남은 전달한 메시지 중 하나도 읽지 않고, 블로그 제목만 보고 선택했던 것이다. 이렇게 당당하게 말할 수 있음에 놀라웠다. 그 당당함이 너무 기분 나빴고, 내가 기분 나빠 하는 포인트도 전혀 모르는 것 같은 그의 초연함에 연신 한숨이 올라왔다.

　걸음을 옮기면서 어떤 걸 좋아하냐는 내 물음에 역시나 "아무거나 다 잘 먹어요"라고 대답했다. 터진 강둑에서 물이 흘러나오듯 한숨이 쉴 새 없이 흘러나오기 시작했다.

　너무나 감사하게도 얼마 걷지 않아서, 다른 화덕 피자 식당

이 보였다. 식당 안은 다소 한가해 보였고, 그곳으로 들어갔다.

자리에 앉아, 메뉴판을 보고 메뉴를 고르는 그의 모습은 너무 어색했다. 한마디로 어쩔 줄을 몰라서 허둥지둥했다. 내가 먼저 메뉴를 제안했고, 그중 하나를 그가 골랐다. 식당에서 잘 나가는 메뉴가 아닌, 그저 아무 메뉴를 하나 툭 집었다.

선남이 주문을 했다. 직원은 선남이 고른 메뉴를 다시 한 번 읊어주며 확인을 했다. 그러자 선남은 "네? 아니, 이거요" 라며 손가락으로 메뉴를 짚으며 직원에게 알려줬다. 선남이 짚은 메뉴를 보면서 직원은 "네~, 그거예요" 했다. 영어를 읽지 못하는 건지, 긴장해서 보이지 않는 건지, 아무튼 그는 손가락으로 메뉴를 가리키며 주문을 했다. 그럴 수 있다. 그럼, 충분히 그럴 수 있는 일이다.

간단하게 하는 일과 직장생활을 얼마나 했는지 등에 관한 형식적인 질문을 했고 본격적인 대화가 시작되었다.

남 : 여행 좋아하세요?

나 : 네. 좋아하죠.

남 : 아~, 좋아하시는구나. 여행. 어디 어디 다녔어요?

나 : (여행지를 다 말하라는 건가 싶어서 잠깐 정지 상태가 되었다) 다 말해

야 되는 건가요?

남 : 아~, 그럼 러시아 가보셨어요?

나 : 네.

남 : 아~, 러시아 가보셨구나. 러시아. 어때요? 러시아? 회사에서 내년에 장기간 러시아 가야 된다고 해서, 준비 중이에요. 러시아 사람들 불친절하죠?

나 : 불친절하지 않던데, 많이 추웠어요. 전 괜찮았어요.

남 : 아~, 괜찮으셨구나. 아니 내년에 제가 장기간 출장으로 러시아를 가거든요.

나 : (무슨 대답을 원하는 거지? 장기간 러시아 가는데 뭐? 부럽다 해줘?) 그렇군요.

남 : 아니, 사람들이 러시아 사람들이 불친절하다고 해서, 걱정하고 있거든요.

나 : (러시아 사람들이 불친절한 게 걱정할 일일 수 있는 거구나……. 그래, 그랬구나) 네~, 걱정되시나 보네요.

남 : 네. 회사에서 장기간 출장을 가는데, 가게 되면 한동안 연락도 안 되거든요.

나 : (김칫국 드링킹 오지네. 연락 안 되는 거랑 나랑 1도 상관없다) 그렇군요.

　　선남은 요리 관련 이야기로 화제를 돌려서 계속 대화를 이어가고 있었다. 평소 요리에 관심이 많고 요즘 여러 요리 관련 자격증을 섭렵 중이라고 했다. 한식, 중식, 양식 등 다양한 요리에 도전하고 있다고 했다.

　　메뉴는 생각보다 빠르게 나와줬고, 난 너무나 배가 고파서 허겁지겁 먹었다. 선남은 내가 먹을 때마다 질문을 해댔다.

선남의 질문에 대답을 하기 위해서 턱관절을 빠르게 움직여야 했다.

> 남 : 죄송해요. 제가 드실 때마다 질문하네요.
>
> 나 : 아니에요. 질문이 뭐였죠?
>
> 남 : 요리하는 거 좋아하세요?
>
> 나 : 관심이 많지는 않은데, 그래도 종종 하는 편이에요.
>
> 남 : 아~, 종종 요리하시는구나. 어떤 요리 많이 하세요?
>
> 나 : 파스타나, 찌개, 뭐 간단하게 할 수 있는 것 위주로 해요.
>
> 남 : 아~, 파스타, 간단한 거 하시는구나. 전 요리하는 거 좋아하고, 자격증도 땄어요. 그리고 앞으로도 계속하고 싶고, 나름 잘하는 것 같아요. 여행은 어디가 좋았어요?

여기서 알았던 것 같다. 선남이 말하는 방식이 독특한 것 같다 했는데, 이상한 패턴이 있었다.

질문을 하고, 질문에 대한 대답을 하면 그 대답을 본인이 한 번 더 말했다. 그리고 다른 주제로 넘어가면서 한 번 본인을 어필하는 멘트를 하고 다른 이야기로 넘어갔다.

예를 들면,

> 남 : 운동 좋아하세요?
>
> 나 : 요가, 필라테스는 꾸준하게 계속 했었는데 지금은 아무것도 안 하고

있어요. 어떤 운동 하세요?

남 : 아~, 요가랑 필라테스 하셨구나. 저는 탁구 쳐요. 탁구 친 지 오래
　　 돼서 좀 쳐요.

나 : 그러게요. 오래 하셨으면 좀 하시겠네요. 탁구랑 이미지가 잘 어울
　　 려요.

남 : 그쵸, 좀 하죠. 탁구랑 저랑 어울린다고 하더라고요. 오래 했고 제
　　 가 좀 날렵하고 빨라요. 자리 옮길까요?

　이런 식으로 대화를 이어갔다. 탁구를 잘치고 날렵하다는
본인피셜과는 다르게 뱃살이 좀 있었고, 상체에도 살집이 있
었다. 그래, 그래도 잘 치는 사람이 있으니까.

　자리를 옮기기로 했다. 선남은 이제 대놓고 어디로 가면
되냐고 물어봤다. 어떠한 인연인지는 모르겠지만 회사를 강
남 부근에서 오랫동안 다녔다. 회사를 옮길 때 강남이 지겨
워 다른 지역에 이력서를 넣어도 어찌된 영문인지 꼭 강남에
위치한 회사에서만 연락이 왔다.

　강남 쪽에서 회사를 오래 다녔다고 한들 어떻게 강남의 모
든 위치를 알 수 있으랴. 하지만 선남은 내가 강남 지리를 손
바닥 보듯 다 꿰뚫어보고 있는 사람으로 대했다. 마치 연차
가 오래된 베테랑 가이드처럼 대하는 것 같았다. 난 심한 길
치라서 매번 다니던 길만 다니고, 지금도 가끔 내려야 되는
전철역을 놓치거나 반대방향으로 타기도 한다.

하지만 "나는 당신의 강남 가이드가 아니다!"라고 알려주고 싶지도 않았기에, 그냥 강남 가이드가 되기로 했다.

남 : 어디로 갈까요?

나 : 카페로 갈까요?

남 : 그러시죠. 어디로 가면 돼요?

나 : 찾아봐야죠.

바로 앞에 있는 카페를 가리켰더니, 싫단다. '다른 카페를 내놔! 저긴 싫어!'의 태도. 다행히도 바로 옆에 카페가 있었고 거기로 자리를 이동했다.

몇 번 왔던 커피숍이었다. 여기 와본 적 있냐는 질문에 그렇다고 했더니, 바로 뭐가 유명하냐고 물어본다. 뭐가 유명한지는 잘 모르겠다, 그냥 카페라 커피 마시러 왔었다고 했는데, 그래도 뭐가 유명한지를 물어본다. 커피 원두가 좀 독특하다고 했더니 그걸 주문했다. '이따가 가이드 팁 많이 내놔라!' 속으로 외치기도 했다. 난 저녁이라 카페인을 피해서 따뜻한 허브차를 주문했다.

남 : 이게 유명한 차예요?

나 : 그냥 허브티 시켰어요. 저녁엔 카페인 섭취하면 잠이 잘 안 오더라고요.

남 : 아, 밤에 카페인 마시면 잠 못 자요? 전 바로 잠자기 전에 마셔도
　잘 자는데.

나 : 그러게요. 그런 사람이 있더라고요.

　카페에는 지금 막 소개팅을 마치고 2차로 커피숍을 온 것
같은 커플들의 모습이 보였다. 한눈에도 맘에 드는 쪽과 아
닌 쪽이 보였다. 저들이 보기에도 우리의 모습이 구분이 되
는지 순간 궁금했다. 저들도 본인들의 마음을 꽁꽁 숨겨놓고
있을까 싶었다. 다른 커플들을 관찰하며 의식의 흐름대로 서
로를 관찰하며 그들의 현재와 미래를 그려보며 혼자만의 상
상의 나래를 펼쳐보기도 했다. 선남에게 시선이 가지 않았
고, 주변 사람들에게 시선을 빼앗긴 채 이런저런 생각이 흘
러가도록 뒀다.

　그러다 겨우 선남에게 시선을 이동했다. 또다시 형식적인
질문들이 오가기 시작했다. 가족관계에 관한 질문을 하던 중
AI 선남처럼 동생이 먼저 결혼을 했고, 조카들은 초등 고학년
이라고 했다. 이번 선남도 씁쓸하고 떨떠름한 표정이 얼굴에
그대로 드러났다.

　나 역시 동생이 먼저 결혼을 하고 계속 선을 보러 다니면,
씁쓸한 기분이 들 수도 있을 것 같다. 어찌 그 상황이 아무렇
지 않을 수가 있을까. 특히나 부모님과 함께 살고 있다면 더
더군다나 그렇겠지.

누가 콕 집어 말해주진 않지만, 말하지 않아도 왜인지 알 수 없는 패배감이랄까, 어떤 승부에서의 결과가 아님에도 불구하고 언짢고 미묘하게 진 느낌, 아무리 아닌 척해도 적응되지 않는 감정, 그 감정을 다시 한 번 상기시켜주는 상황을 겪을 때마다 더 처절하게 느끼게 될 것만 같다. 그 씁쓸함을 말하지 않아도 알 것 같아서, 순간적으로 감정이입이 되긴 했다.

선남은 내년에 러시아로 장기간 출장이 있어서 연락이 되지 않을 거라며, 어떤 의미로 이야기하는지에 대해서는 정확하게 언급하지 않은 채 카페에서도 또다시 여러 번 말했다. 러시아가 싫어질 만큼 러시아 이야기가 지겨웠다.

카페는 좌석 간 거리가 가까웠고 그게 조금 부담스러웠다. 눈을 제대로 맞추기 부담스러운 거리라 신경 쓰였고, 언제쯤 이 만남을 자연스럽게 끝내야 할지 고민이었다. 일단 뜨거운 차를 황급하게 식혔다. 차를 다 마셔야 집에 갈 수 있기 때문이다.

이런저런 이야기에 나름 충실하게 대답했다. 리액션을 해줄 에너지도 고갈되어 더 이상은 못 하겠다 싶었는데, 때마침 마시던 허브티도 동이 났고, 집에 갈 준비가 모두 끝났다.

카페를 나와 각자의 집을 향해 집을 나서는데, 밖에 비치된 전신 거울에 선남과 나의 전신을 다시 보게 되었다. 전달받은 사진을 원망해야 하나, 누구에게라도 하소연하고 싶은 이 마음……. 왜 억울할까? 그래, 이분도 이렇게 걸러지는구나. 얼마나 거르고 걸러야 되는지. 이젠 그만 거르고 싶은데, 왜 자꾸 걸러만 지는지 이 현실이 지겨웠다.

선남과 어색한 인사를 나누며 각자의 길로 헤어졌다. 집으로 가는 길에 밀린 부재중 전화에 차례대로 전화를 걸면서, 다시 한 번 감정이 올라왔다 내려가기를 반복하며 집에 도착했다.

이번에도 어김없이 집으로 가는 길에는 편의점에 들러 캔맥주와 과자를 샀다. 검은 봉지를 손에 쥐고 한 발 한 발 걸을 때마다 하이힐의 불편한 쿠션감을 고스란히 느끼며 겨우 집에 도착했다.

집에 도착해서 침대에 걸터앉자, 결국 참았던 눈물이 터졌다. 이번에는 좀 각오가 되었다고 생각했는데도 눈물이 터져 나왔다. 조금도 무뎌지지 않는 이 감정을 언제까지 슬퍼하고 아파해야 하는지, 그날은 내가 많이 안쓰러웠다.

그로부터 일주일 뒤 선남에게서 연락이 왔다.

남 : 제가 바빠서 연락이 늦었습니다. 다음 주 주중이나 주말에 뵙죠. 시간 언제 되세요?

나 : 죄송해요. 좋은 분 만나세요.

이번에는 거두절미하고 본론만 말하고 끝냈다. 그래도 그 전에는 "좋은 분이신데 저와는 잘 맞지 않는 것 같아서……"라는 예의상 멘트를 꼭 붙였는데, 이번에는 깨끗하게 생략했다.

"다음 주 주중이나 주말에 시간 되세요?"가 먼저고, 그보다는 먼저 "시간 괜찮으시면 한번 뵐까요?"로 물어봐야 되는 거야. 이놈아!! 넌 너 같은 여자 만나, 난 나 같은 남자 만날 테니까.

해외직구로 원피스를 사면, 만족할 확률이 거의 로또 당첨 확률과 비슷했다. 사진이랑 색상과 디자인이 너무 달랐고, 심지어 사이즈조차 맞지 않는 경우가 꽤나 많았다. 국내에서 샀으면 당연히 바로 반품을 했겠지만 해외 직구의 경우는 그럴 수도 없어서 난처한 상황이 자주 있었다. 중고나라 사이트에 올려놓는다 해도, 그 누구도 거들떠보지 않을 것 같은 그런 디자인. 이처럼 포토샵의 속임수에 순순히 속아 그야말로 호갱이 되어버린 상황이 선 자리에서 일어났다. 어떤 것에 이끌려 나갔다가 실체를 알게 되자 허탈하고 허망하게 끝난 만남이었다.

호갱

결론부터 말하자면 주선자는 나와는 거리감이 조금 있는 친인척이었는데, 그 어떤 정보 하나 맞는 게 없었다. 순식간에 호갱이 되듯, 눈뜨고 얻어맞은 것 같은 만남이었다.

처음에 전해 듣기로는 좋은 집안에서 자란 반듯한 청년이었다. 심지어 인물도 좋다고 했다. 그 말을 듣고 며칠 뒤 사진을 전달 받았다. 사진이 잘못된 건지, 아님 친인척분의 취향을 의심해야 되는 건지 싶은 사진이 왔다. 사진으로만 봤을 때는 인물이 좋다는 사람과는 정반대에 속해 있는 분 같았다.

그래도 사진과 실물은 많이 다를 수 있으니까. 그건 중요하지 않았다. 그 당시 상대의 외모는 남자를 보는 우선순위에 속하진 않는다고 내가 나를 속였다. 그야말로 "전 외모는 안 봐요. 외모보단 사람이 중요하죠." 자세였다. 지금도 외모보다 사람이 중요하다고 생각하지만, 그때는 외모를 조금도 보지 않는 사람처럼 내가 나를 속였다.

하지만 그 자세는 끝까지 유지하지 않았다. 신이 인간에게 왜 눈을, 그것도 두 개나 주셨는지. 외모가 중요하지 않다고 하지만, 결국 본인이 선호하는 기준의 외모가 있는 법이다. 개개인의 눈높이가 있다는 사실을 인정하지 않았던 것 같다. 외모를 좀 본다고 하면, 왠지 모르게 속물이 된 것만 같았고, 또 내 조건에서 외모마저 본다고 한다면, 더 어려워질 것만 같았다. 그래서 외모는 중요하지 않다고, 난 외모는 보지 않는다고 스스로 다짐했던 것 같았다. 차라리 외모를 보고 마음에 들지 않는다고 말했다면, 서로의 시간과 에너지를 낭비하지 않아도 되었을지도 모른다. 하지만 그 당시에 나는 '외모는 중요하지 않아요' 자세를 유지하고 있었기 때문에 선남을 만나기로 했다.

주말에 서로의 집에서 중간 정도 되는 거리에서 보기로 했다. 약속 장소가 집에서 그다지 멀지 않았기에, 버스를 타고 시간을 여유롭게 두고 출발했다. 버스 안에서 바깥 풍경을 보면서 약속 장소에 가까워질수록 기대감을 조금씩 낮췄다. 왜인지 모르겠지만 그래야만 할 것 같다는 촉이 발동했고, 구멍 난 풍선처럼 기대감이 빠져나갔다.

생각보다 조금 일찍 도착해서, 카페에서 선남을 기다리고 있었다. 카페는 굉장히 고급스러운 분위기로 사람들은 여유롭게 주말을 즐기는 모습이었다. 초조하고 불안한 내 모습과는 상반되는 분위기가 나를 한껏 짓눌렀다.

카페에 앉아 멍하게 한참을 앉아 있었던 것 같다. 선남으로 보이는 사람이 눈에 보이자 멍이 순식간에 사라졌다. 수많은 사람들 틈에서 선남이 까꿍 하고 보이는 듯했다. 선남이 보였다. 서로 너무나 어색하고 뻘쭘하게 인사를 했다.

선남은 사진이 잘 받는 사람이었다. 사진이 훨씬 잘 나온 듯했다. 사진 속에서는 주근깨처럼 보였는데, 실제로는 기미에 가까운 검은 반점들이 얼굴에 많이 퍼져 있었고, 눈은 훨씬 작았다.

이른 저녁시간이긴 하지만 식사를 하기 위해 카페 주변에 있는 식당으로 들어갔고, 식사를 하면서 본격적인 대화를 나누기 시작했다. 식당은 지중해 음식으로 선남은 지중해식은 처음 접해본다며, 색다른 경험이 어색하지만 나름 즐기려고 하는 모습이 보였다.

말없이 서로의 허기진 배를 채우다가 대화를 해야 할 것만 같은 압박감이 한계에 다다랐을 무렵 선남은 형식적인 질문을 하기 시작했다. 나 역시 선남과 겹치지 않는 형식적인 질문들을 골라 하나씩 하기 시작했다.

질문에 대한 대답을 듣고 있던 중 내가 알고 있던 선남의 정보가 하나씩 어긋나는 것을 알게 되었다. 나와 위로 두 살 차이가 난다고 했었는데, 두 살 받고 네 살이 더 많았다. 총 여섯 살 차이가 났었다. 당시에는 막 선 시장에 발을 들여놨을 무렵으로, 여섯 살도 커버할 수 있었다. 나이 차이가 문제가 되진 않았다.

동 대학에서 대학원까지 나왔다고 했는데, 대학교와 대학원은 달랐다. 또한 회사는 내가 알고 있는 그 회사가 아니었다. 처음 들어보는 회사에 근무하고 있었다. 전달 받기로는 누구나 한두 번은 들어봤을 회사에 다닌다고 했는데, 왜 다른 회사를 다니고 있는 건지 나중엔 당황스러워서 화가 날 지경이었다.

또 선남에게는 누나가 한 명 있는데, 결혼 후 독일에 있다고 했다. 하지만 선남의 누나는 일본에 거주하고 있었고, 부모님 직업도 전달 받은 것과는 달랐다.

그 어떤 정보도 맞는 것이 없었다. 먼 친인척에게 나도 모르는 실수를 심하게 저질렀고, 그분이 이번 기회를 통해 복수를 꿈꾸셨는지 모르겠지만, 복수에 성공하셨다. 그것도 제대로! 그렇지 않고서는 말이 안 된다. 어째서 이토록 부풀린 정보와 맞지 않는 개인정보를 주셨는지 내 상식으로는 도저히 이해가 되지 않았다.

전달받은 정보가 맞지 않는다고 해서, 큰 문제가 되진 않았을 것이다. 선남이 마음에 들었다면 말이다.

선남은 너무나 소극적이고, 무색무취인 사람이었다. 서로에게 공통점은 전혀 없었고, 태엽이 고장 난 시계가 멈추다 가다를 반복하듯 시간이 잘 안 갔다. 이렇게 지루하고 무료한 만남도 있구나 싶었다. 어떤 회사에서 개최한 실험에 참가한 참가자 것처럼 느껴졌다. 실험 주제는 "이런 사람 만나봤나요?". 마치 "당신이 이제까지 만나보지 못한 사람을 만나볼 수 있는 경험을 하게 해드립니다. 이번 참가를 통해서 인간에 대한 이해의 폭을 넓혀보세요. 혹시나, 만에 하나, 굉장히 희박한 가능성이지만 마음에 드시는 이성 분을 만날 수도 있습니다. 소정의 참가비로 진행되는 이번 기회를 놓치지 마세요"라는 슬로건을 내건 대회에 참가한 것 같았다.

선남의 질문에 답을 하고 있는데도, 질문에 맞게 답을 하고 있는 건지조차 의심스러울 만큼 긴장감도 없었고, 고무줄처럼 늘어졌다.

중·고등학교 때 같은 반 친구 중에 이런 아이들이 있다. 선생님 말씀 잘 듣고, 있는 듯 없는 듯 있는 친구. 부모님 속 한번 썩이지 않았을 것은 친구. 한 반에서 몇 번의 누구로 존재하는 것이 목적인 그런 사람.

또 친구들에게도 항상 져주고, 싸움 한번 해보지 않았을 것 같은 그야말로 모범생의 모습이 그려지는 사람이었다. 어딜 가든 차라리 손해 보는 게 편하고, 본인의 의견보다는 다수의 의견에 맞춰서 살아가는 게 익숙해져버린 모습이 느껴졌다. 자리가 자리인 만큼 미래 배우자로서의 모습을 그려봤다. 내가 이런 남자를 견딜 수 있을까?

난 손해를 보더라고 본인이 옳다고 생각하는 의견은 어느 정도 피력할 줄 알고, 다수의 의견 속에서도 자신의 소신을 말할 수 있는 사람을 찾고 있었다. 당연히 그 모든 것은 때와 장소를 가려서 할 줄 아는 것이 전제되고, 거기에 나와 잘 맞아야 하는 것이 포함되어야 하겠지만 말이다.

당시에는 내가 원하는 배우자라는 사람의 이미지 같은 것이 모호했고, 내가 나를 잘 모르던 시절이었다. 지금도 나를 알아가는 중이지만, 당시에는 안개가 자욱한 거리를 걸어가듯 모든 것이 흐릿했다. 그럼에도 선남이 나와는 맞지 않는 사람이라는 생각은 확실했다. 선남은 안정형 사람이었고, 결혼할 준비가 되어 있었다. 하지만 나와는 코드가 맞지 않는 사람이라는 판단은 처음부터 끝까지 일관되었고, 조금도 흔들리지 않았다.

선남이 했던 질문들도 평소 생각해보지도 않은 질문들로 내 기준에서는 깊게 생각해본 적 없던 부분이었다. 얼마 전 선남의 친구 아버님이 돌아가셨는데, 삶에 대한 회의감이 들었다며 죽음에 대해 생각을 해보게 되었고 했다. 그러더니 죽음에 대해 어떻게 생각하냐는 질문을 했다.

선남은 미래에 어떻게 살아야 할지에 대해 고뇌에 빠져 있었다. 나는 당시에 죽음에 대해 신중하게 생각해본 적도 없었거니와 오늘과 내일에 초점이 맞춰져 있었다. 한 달 벌어 한 달 사는 직장인인 나에게 죽음까지 고민하는 것은 사치처럼 느껴졌다. 죽음을 생각하기 전에 현재를 잘 관리하고 대비하는 게 맞지 않을까 싶기도 했고, 선 자리에서 나누기엔 다소 무거운 질문이었고 심각하게 고민하고 있는 선남에게 딱히 뭐라 말하기 어려웠지만, 분위기에 맞춰 답변을 했다.

그 질문만큼 선남과 나와의 거리는 멀었다. 좁혀지지 않을 듯한 거리감으로 긴장도 되지 않았다. 식사를 마무리하고 카페로 자리를 옮겼다.

식당에서는 사람들이 많아 몰랐는데, 한적한 카페에서 작은 테이블에 앉자 선남의 체취를 느낄 수 있었다. 흔히 말하는 홀아비 냄새가 강하게 났다.

당시 선남과 한겨울에 만났다. 추위에 취약한 나는 무릎까지 올라오는 기모 부츠를 신을 만큼 추운 날이었다. 한겨울의 한파를 뚫고 느낄 수 있는 체취라면 더운 날에는 상당하겠다 싶었다. 미안하지만 그 체취와 선남의 이미지는 잘 어울렸다.

왜인지 모르겠지만, 그 생각은 만남이 끝날 때까지 계속되었다. 은근하게 퍼지던 선남의 체취가 선남을 대변하는 것만 같았다. 몇 달간 인적이 없던 집에 쌓인 먼지 같은 냄새는 그와 너무도 찰떡이었다. 그 생각이 한번 나기 시작하자 다른 생각을 멈춰버릴 만큼 강력하게 계속되었다.

선남의 일상이 그려졌다. 집에서의 모습, 그리고 회사, 친구, 가족과의 지내는 모습이 차례로 머릿속에 펼쳐졌다. 회사에서는 어떤 직원이고, 친구들에게는 어떤 친구일지, 그리고 가족과의 관계는 어떤 모습일지 누군가 내 머릿속에 USB를 인식해서 보여주는 것 같았다.

마치 아무도 없는 영화관에서 영화 한 편을 관람하듯 한동안 조용히 선남의 모습을 관람했다. 그러다 보니 이윽고 선남과의 만남을 정리할 시간이 다가왔다. 카페를 나와 각자의 방향으로 헤어졌다.

집으로 돌아가는 버스 안에서 왜 이런 일이 일어났는지에 대한 이유를 무던히도 알고 싶었다.

어째서 그 어떤 정보 하나 맞지 않았을까, 이유가 궁금했다. 또 난 왜 누가 시키지도 않았는데 고상한 척 코스프레를 했어야만 했을까. 뭐든 확고하게 마음에 안 드는 게 있으면 싫다고 말하면 되는데, 지킬 것도 없는 품격을 지켜보겠다며 초연하게 연기했다. 외모는 중요하지 않다며, 그건 절대적인 기준이 아니라며 나를 포장했다. 내 주제에 외모마저 본다면 그야말로 주제 파악 못 하는 갈갖은 사람이 되는 것 같았고, 그런 모습을 보이고 싶지 않았다.

주제 파악 좀 못 하면 어떤가. 누군가 나를 향해 "너 주제 파악해" 한다면, "당신이나 해!" 하면 된다. "내 인생이고 내 결혼인데, 왜 참견해?"라고 말해버리고 내 길을 가면 된다.

외모도 중요하다. 당연히 봐야 하는 부분이다. 내가 좋아하는 기준의 외모가 분명 있다. 나도 취향이 있다고, 선남은 내 취향이 아니라고, 완벽하지는 않더라도 어느 정도는 내 취향에 맞는 사람을 만나고 싶다고 왜 말하지 못했을까. 전혀 괜찮지 않다고, 아니 별로라고, 만나고 싶지 않다고, 왜 소신 있게 한번 말하지 못했을까.

그때는 그럴 수밖에 없었다. 결혼 상대자를 만나기 위해서는 별다른 방법이 없었기 때문이다. 빛 한줄기 들어오지 않는 컴컴한 터널을 벗어날 뚜렷한 방법도 없었고, 끝이 보이지 않는 무서운 기다림으로 인해 뭐든 해봐야 했다.

끝이 보이지 않는 두려움이 나를 움직이게 만들었다. 싫지만 해야 했다. 나가기 싫지만 나가야만 했다. 내 의견은 중요하지 않았다. 죽어도 혼자는 싫으니까 선 자리에 나갔다. 선 자리에 나가는 것은, 혼자가 되지 않기 위해 내가 할 수 있는 가장 성실한 행위였다. 단지 나만을 위한 일은 아니었기에 싫어도 성실하게 나가야만 했다.

선을 보는 것은 나를 위한 일이고, 내가 해야 하는 일임에도 불구하고, 혼자 힘이 아니라 부모님의 힘을 얻어서 나가게 된, 그런 자리가 부끄러웠다. 할 일을 제대로 못하는 성인이 된 것 같은 기분이 들었다. 해야 할 도리를 전혀 못 하고 있는, 능력 없는 패배자라는 느낌이 매번 들었다.

그래서 선을 보러 나갈 때마다 마치 나의 의지와는 상관없이 억지로 끌려 나가는 연기를 했던것 같다. 한마디로 "그래, 한번 나가준다"라는 자세로 일관했다. 그 누구도 아닌 나를 위한 일인데, 부모님을 위한 것처럼 가장했다. 그러면 조금이나마 덜 비참했다. 그렇게 하면 조금 여지를 둘 수 있다는 이유도 있었다.

혹시나 혹여나 선남이 마음에 든다고 하면, '나가기 싫어서 어쩔 수 없이 끌려 나갔지만 그래도 내 의지로 나갔고, 선 자리에서 내가 최선을 다해서 그런 거다'라는 식으로 숟가락을 얹기 위해서였다. 실상은 숟가락도 못 얹고 심지어 떠 먹여주는 선 자리에서, 너무 작아 보이지도 않을 정도의 자존심을 지키기 위한 몸부림이었다.

선 자리에 나갈 때마다 의지를 상실한 채 어쩔 수 없이 목줄에 이끌려 나가는 것처럼 행동했다. 내 의지와는 전혀 다른 듯한 모습을 유지했다. 나갈 때마다 그랬다. 그런데 이번 선남의 모습에서 내가 보였다. 나와 정도의 차이는 있을지 모르겠지만 상황은 비슷해 보였다.

착한 사람들에게만 보이는 벌거벗은 임금님의 옷처럼, 선남이 차고 있던 목줄이 보였다. 선남도 목줄이 이끄는 대로 나온 것이다. 선남의 목줄은 유난히 녹이 많이 슬어 있었고, 축 처져 있었다. 목줄 자체가 지쳐 있었다. 움직일 때마다 목줄에서 녹이 나오고 있었고, 처량해 보이기까지 했다.

선을 많이 보면 볼수록 저렇게 녹이 슬고, 처량해지는 것인가 싶었다. 하지만 말하지 않아도 녹이 슨 이유와 힘없이 축 처진 이유를 잘 알 것만 같았다. 끝이 보이지 않는 칠흑같이 어두운 터널을 겨우 발끝만 비춰지는 전등에 의지해서 한 발 한 발 겨우 발을 내딛고 있는 사람이었다. 나 역시 나만의 터널에서 홀로 고군분투하며 어떻게든 세상 밖으로 걸어가는 사람이었기 때문이다.

선남도 그랬겠지. 그랬을 것 같다. 선남도 '이번에는 이 터널에서 세상 밖으로 나오게 해줄 사람이 나올지도 몰라'라는 희망과 기대를 품고 나왔을지 모른다. 내가 호갱이 된 것처럼, 선남은 눈탱이 맞았을지도 모르는 일이다.

이번 이야기의 주인공은 나의 첫 선남이었다. 처음으로 선 자리에서 보게 된 선남은 잘 잊히지 않는다. 뭐든 처음은 강한 인상을 남겨주곤 한다. 사람은 한두 번 봐서는 모른다는 부모님의 말을 새겨듣고 총 세 번을 봤다. 처음이자 마지막으로 세 번을 봤던 선남이다.

고등학교를 갓 졸업하고 아무런 준비 없이 등 떠밀려 성인이 된 것처럼, 선 시장에 내던져졌다. 야생에서 이제 막 날기 시작한 새처럼 좁은 시야와 불안정한 날갯짓으로 첫 선을 보게 되었다.

파이터

주선자는 아빠였다. 아빠 지인 분이 소개해준 만남으로 거의 등 떠밀려 선을 보러 갔었다. 당시에는 만나던 사람과 헤어진 지 그리 오래되진 않았었고, 상처도 조금 남아 있었다. 그래서 정말 아무 생각이 없었다. 마치 식당에서 식전에 속을 달래주는 수프처럼, 남아 있는 상처를 달래주는 사람이 나올지도 모른다는 기대를 했던 것 같다.

누구나 처음엔 어리숙하다. 선을 봐야 하는 나이가 되었다는 사실을 받아들이지 못한 나는 어리둥절했다. 내가? 선을? 다른 사람도 아니고, 내가? "내가 그렇게 되었구나"라는 현실을 충분히 받아들이지 못한 채 선을 보게 되었다.

그때까지만 해도 선을 보는 것은 나와는 전혀 무관한 일로, 그저 다른 사람들의 일이라고 생각했다. 선은 나와는 맞지 않는다며 생각조차 해보지 않았었다. 어떻게 선을 봐야 하는지 너무나 아는 게 없어서 날것의 느낌으로 봤던 첫 선은 유난히 기억에 오래 남아 있다.

선남이라는 사람에게서 처음 연락이 왔다. 그때 딱 느꼈던 것 같다. 이게 선이구나. 내가 선 시장에 나왔구나. 선 시장에 발을 넣었구나 실감했다.

어쩌다 이렇게 되었는지, 모든 것이 서글프고 야속했다. 난 나름대로 열심히 산다고 살았는데, 어째서 이런 커다란 시련이 나에게 왔는지 너무나 억울했다. 선은 최후의 보루이자 마지막 와일드카드였는데, 그 유일한 카드를 내가 낸 건지조차 모를 만큼 너무 허무하게 냈다.

난 물건도 남들보다 특가로 저렴하게 잘 사고(내 생각으로는), 자기계발도 꾸준히 하고(내 기준으로는), 일당백을 하는 직원인데(이건 다른 동료들도 조금은 인정해주는) 그런데 어째서 싱글일까? 어쩌면 제일 중요한 일을 조금도 제대로 못하고 있는 걸까? 밤마다 똑같은 질문을 하고 명쾌한 답을 찾아내지 못해 찜찜해 하며 잠이 들었다.

초등학교 때는 방학이 무한대의 시간처럼 느껴진다. 절대 끝나지 않을 것만 같아서, 방학을 만끽할 수 있었다. 방학을 즐기고 또 즐기다가 개학 일주일 전쯤부터는 조급증이 밀려 온다. 난 그저 끝나지 않을 것 같았던 방학을 즐겼을 뿐인데, 거의 두 달치에 해당하는 일기를 써야 하다니 좀 억울했다. 두 달간의 날씨와 일기로 쓸 만한 주제를 모조리 생각해낼 수 있을까. 방학을 즐겼을 뿐인데, 밀린 숙제를 해야 하다니 너무한 것만 같았다. 난 매일 내가 해야 했던 일들을 해내며 살았는데 그 결과로 선이라는 너무 큰 죗값을 치러야만 하는 것 같았다.

물론 숙제를 하면서 방학을 즐겼어야 했고, 마찬가지로 해야 할 일들을 하면서 연애는 했어야 했다. 하지만 난 연애를 못 했다. 해야 할 일들을 해야 한다는 큰 핑계에 숨어 제일 중요한 것을 하지 않았다.

이토록 중요한 걸 어떻게 하면 잘할 수 있는지 아무리 찾아봐도 뾰족한 해결책은 없었다. 그래서 순순히 선 시장에 발을 들여놓았고 받아들였다. 그리고 생각보다 빠르게 적응했다.

난 낯가림이 심한 편이다. 누구나 어느 정도는 그렇겠지만 싫어하는 사람과 함께 밥을 먹고 시간을 보낸다는 것은 내겐 너무나 심한 고문 같은 일이다. 혼밥을 하면 소화제를 필수로 먹어야 할 만큼 소심쟁이라, 선을 보는 과정이 나에겐 세상 근심을 다 짊어진 것처럼 힘들었다.

선 자체가 싫지만 그중에서도 가장 싫었던 것은 내가 원치 않는 사람들에게 내 얼굴을 보여주고 인식하게 하는 것이었다.

간단하게 조작하면 고칠 수 있을 것 같은, 고장 난 냉장고가 있다고 가정해보자. AS센터에 전화해서, 냉장고의 상태를 설명하고 어떻게 하면 고칠 수 있는지 방법을 알려달라고 한다. 그러자 상담원이 원격을 통해서 설명을 듣고 이해를 해야 해결되는 문제라며, 카메라를 켜고 자리에 앉으라고 하는 것이다.

아무리 기계치라고 하지만, 이건 너무 과한 것 같다. 하지만 어쩌겠는가, 전문가가 시키는 대로 카메라를 켜고 자리에 앉아 얼굴을 공개하고 상담원의 설명을 듣는다. 상담원의 설명이 정녕 중요한 것인가, 이렇게까지 해야만 하는 것인가 의심이 들긴 하지만 방법이 없다.

한참을 설명하던 상담원은 냉장고 안을 봐야겠다며, 카메라를 돌려서 냉장고 안을 비춰달라고 요청한다. 냉장고 안을 보여주는 것은 단순히 기계 속을 보여주는 것이 아니다. 나라는 사람을 손쉽게 알 수 있다. 냉장고 안을 보면 내 식성과 건강상태까지 알 수 있다. 또 내가 얼마나 정리를 잘 하는지, 얼마나 청결한지도 파악할 수 있다.

이건 좀 아니다 싶지만, 어쩔 수 없다. 카메라를 돌려서 냉장고 안을 보여준다. 그러자 상담원은 원인을 알겠다면서, 해결책을 알려준다. 전원을 껐다가 다시 켜보라고 한다. 어이가 너무 없다. 과연 이 해결책을 듣기 위해 얼굴까지 공개했었어야 했을까, 또 냉장고 안까지 보여줘야만 했을까 황당하기 그지없다. 만취한 취객이 출입문을 가로막아 눈앞에서 막차를 놓친 것처럼 허탈했다.

물론 사람은 만나봐야 안다. 하지만 보지 않아도, 말하지 않아도 알 것만 같은 사람들이 줄줄이 나왔고, 선 자리에서 나에 대해 과하게 많이 알려주는 만남이 이어졌다. 단지 내가 결혼을 하지 못했다고 해서, 관심도 없는 사람에게 얼굴을 보여주고 나를 설명하고 싶지가 않았다. 선을 보는 목적 자체가 결혼할 상대를 찾는 것이니, 당연히 서로 만나서 얘기를 하고 시간을 가져야 되겠지만 싫었다. 마음에 들지 않는 사람들과 그런 과정을 해야 하는 것은 조금도 익숙해지지 않았다.

그래서 선 자리에서 최선을 다해 연기를 했다. 미치고 팔짝 뛰게 싫은데, 괜찮은 척. 차라리 일주일 내내 철야 야근을 하고 말지, 할 만큼 너무 싫은데 아무렇지 않은 척 연기를 했다. 얼마나 잘되었는지는 모르겠지만, 그래도 제법 만족스러운 연기였던 것 같다. 만남 이후 적어도 주선자로부터 어이없는 이야기를 들은 적은 없으니까.

당시에는 결혼을 못 한 것이 내 잘못이 아니라고 하고 싶었다. 책임회피를 제대로 했다. 어떠한 잘못을 저질러서 결혼을 못 한 것도 배우자를 못 찾은 것도 아니지만, 어쩌다가 선 시장에 던져졌는지를 알고 싶었다. 인과응보라고 한다면 무엇에 대한 응보인지를 알고 싶었다. 말도 안 되는 논리

와 개똥철학을 따져가며 알아내고 싶었다.

주변에 첫 선을 보게 되었다고 하자 사람들은 이제 선 시장에 발을 들여놓게 되었다며, 빨리 발을 빼야 된다며 조언 아닌 조언을 해줬다. 당시에는 선 시장이라는 단어를 떠올리면 노예 경매가 떠올랐다.

시장에서 노예 경매가 시작된다. 노예를 사려는 사람들 앞에서 경매를 주선하는 사람이 노예의 나이, 키, 건강 상태, 강점, 성품 등을 읊으면 경매가 시작되고, 경매가 끝나 낙찰된 사람에게 노예가 인솔된다. 내가 노예인 것도 아니고, 선이 사람을 사고파는 것도 아니다. 그런데도 그런 음울하고 극단적인 그림이 그려졌다.

선 시장은 주선자가 서로에 대한 간단한 인적 사항을 전달하고 승낙되면 만남을 성사시켜 주는 장터 같은 곳이다. 짧고 간단한 인적 사항이 나와 우리 집안을 대변해주고 만남까지 연결해준다. 간단하면서도 냉정한 그런 시장. 마지막 선을 볼 때까지 그 그림이 머릿속을 떠나지 않았다.

첫 선남과는 만남까지 카톡으로 연락을 주고받았다. 이때부터였던 것 같다. 선남과의 연락을 주고받기 시작하면, 내 몸의 모든 촉각과 신경이 곤두서서 모든 것에 반응했다. 메시지로도 한 사람을 파악할 수 있다는 것을 알게 됐다.

선남이 보낸 메시지를 보면 여자를 좋아하고 관심이 많은 남자임을 느낄 수 있었다. 이때는 처음이라 아무것도 몰랐고, 선남이 이끄는 대로 끌려갔다. 선남은 만나기로 한 약속 당일까지 계속 카톡으로 연락을 했다. 카톡 내용은 어느 누구에게 질문해도 이상하지 않은 지극히 일상적인 이야기였다.

그러던 어느 날, 선남과 연락을 하던 도중 감기에 걸렸다. 난 건강체질이 아니고, 잔병치레가 많은 편에 속한다. 일상적이고 형식적인 질문들에 답변을 하던 도중 감기에 걸렸다는 답을 하게 되었다. 결정적인 사건이었다. 메시지가 선남을 파악하는 중요한 단서가 된다는 점을 제대로 깨달은 시초였다. 다음은 선남과의 카톡 내용 중 일부이다.

남 : 잘 잤어요? 출근했어요?

나 : 어제부터 감기가 좀 심해져서 오늘은 병가를 냈어요.

남 : 오늘은 푹 쉬시고, 약 먹고 빨리 감기 낳아요.

웅?? ……뭐?? ……낳아요……라니.

낳는 건 '아이를 낳다' 할 때 쓰는 동사인데. 감기를 낳을 수가 있나? 그랬나? 언제부터 감기는 낳을 수 있던 존재였던가. 도대체 언제부터 그랬단 말인가. 이 세상은 왜 그 사실을 나에게 알려주지 않아서 이토록 헷갈리게 하는 건가. 대체 세상이 어떻게 돌아가고 있는 것인가? 진정 사람이 감기를 낳을 수 있게 된 것인가?

선남과의 카톡 대화 내용 중 맞춤법이 틀린 것들이 적지 않았다. 메시지의 내용을 나름의 해석을 거쳐서 답변을 했던 것들이 종종 있었다.

그래, 바쁜 현대 사회를 살다 보면, 그래, 정신없이 살다 보면, 그래, 그냥 생각나는 대로, 그래, 소리 나는 대로 쓸 수 있다. 그렇다. 그래, 그럴 수 있다면서 그러려니 했는데, "낳다"는 결정적인 한 방을 맞은 것 같았다. 좋은 대학을 나왔고, 좋은 회사를 다닌다는 선남의 지식수준과 맞춤법과는 별개의 문제니까.

그럼에도 불구하고 너무 깼다. 식사자리에서 커다란 고춧가루가 치아에 꽉 끼었는데, 그것도 모르고 활짝 웃어재끼는 사람을 본 것처럼, 아니 그보다 더한 것 같았다. 몇 배는 더 했다. 끓어오르는 화를 억누르고 답을 했다.

나 : 오늘 푹 쉬고 빨리 나아보도록 할게요.

낭 : 그래요. 빨리 낳아요.

하아. 선남아~! 감기는 낳을 수 없다고! 아니, 선남아! 생각을 해봐. 감기를 어떻게 낳니?

상황 재연(장소: 병원)

나 : 선생님 감기가 나올 것만 같아요.

의사 : 네, 때가 되었습니다. 이제 감기를 낳아봅시다. 힘을 주세요. 하
    나, 둘, 셋! 순풍!

의료진 : 축하해요. 감기를 낳으셨네요.

이 재미조차 없고, 말도 안 되는 감기 낳기. 이건 아니다. 이건 좀 아닌 것 같았다.

그런데 이틀 뒤면 선남을 만나야 했다. 선남의 말대로 난 하루 빨리 감기가 나아야만 했다. 몽롱한 정신상태로는 선남을 제대로 파악하기 어려울지도 모른다. 정신을 바짝 차려야 했다. 선남의 말대로 다행히 감기가 조금씩 나아지고(낳아지고) 있었다.

선남은 카톡을 상당히 좋아했다. 거의 열흘 동안 연락을 했는데, 단 한 번 전화통화 없이 카톡으로만 서로 연락을 주고받았다. 목소리가 궁금했거나, 통화를 하고 싶었다면 내가 먼저 하면 되는데 그러고 싶지 않았다. 사실 전화번호도 몰랐다.

약속 당일이 되었고, 약속 장소에 도착해서 선남을 기다렸다. 약속 장소가 선남의 집 근처였기에 선남이 미리 나와 있을 거라 생각했는데, 선남으로 보이는 사람은 없었다. 약속 시간보다 좀 일찍 도착해서 시간을 좀 보내다가, 약속 시간이 돼서 카톡에 도착했다는 메시지를 남기고 기다리기로 했다.

선남에게 카톡이 왔다. 늦잠을 잤다는 것이다. 미안하다며

조금 기다려달라고 했다. 황당했다. 선을 처음 보는 거라 이런 상황도 생기는 건가 싶기도 했고, 그냥 좀 어이가 없었다. 그러나 사람이 살다 보면 이런저런 일들이 생기는 법이고, 이미 왔으니 기다려야지 별수 없었다.

20분 정도 시간이 지나고 선남이 나왔다. 누군가 카페 문을 열고 들어오는 모습을 슬쩍 봤는데, 고개를 돌렸고 동시에 선남에게 연락이 왔다. 본인이 도착했다는 메시지가 왔다. 일어나 선남에게 어색한 인사를 하며 카페에 나란히 앉았다.

선남은 운동선수처럼 날렵해 보였다. 상체는 조금 과하게 벌크 업이 되어 있었고, 날카로운 외모였다. 키가 작고 체격이 다부졌는데 운동을 많이 한 모습이었다. 피트니스 센터에서 연차가 좀 된 트레이너 같은 모습을 하고 있었다.

선남은 미안하다며, 몸 둘 바를 몰라 했다. 헐레벌떡 뛰어온 선남은 어느 정도 정신을 가다듬고는 전화를 하지 그랬냐고 했다. 마땅한 대답을 찾지 못해서, "그럴 걸 그랬나요?"라는 말을 내뱉었던 것 같다. 자리를 이동해 식사를 할 수 있는 곳으로 옮겼다.

선남은 외동아들이었다. 선남의 부모님이 굉장히 오랫동안 기다리던 아이로 굉장히 귀한 아들이었다. 나이에 비해 천진난만한 이미지로, 말하지 않아도 외동의 느낌이 있었다. 선남은 결혼할 준비가 되어 있었고, 굉장히 선 자리에 능숙

했다. 나는 처음 선을 본다는 이야기를 했고, 너무나 어색하다는 이야기를 여러 번 했다. 자꾸 말하고 싶지 않았지만, 너무 어색했고 얼어 있었다. 선남의 능숙함이 편했다. 둘 다 어쩔 줄 몰라 허둥거렸다면, 그건 지옥 문턱에서 염라대왕과 하이파이브하는 것 같을지도 모른다.

왜 선남은 선자리가 능숙해질 만큼 선을 많이 본 것일까? 능숙해질 만큼 선을 봤는데 왜 여전히 혼자일까? 분명한 이유를 가지고 있을 것 같았다. 당시에는 그 이유를 간단명료하게 판단해서 결정하는 것이 미흡했다. 그래서 세 번이나 보게 되었는지도 모른다.

나 역시 선 자리에 능숙해진 이후, 중국집의 신조에 맞춰서 선을 보기 시작했다. 선 자리에서 선남을 신속하게 파악하고, 정확하게 판단해서 결정지었다. 그렇게 하기 위해 부지런히 눈을 움직이며 뇌를 가동했다.

만나기 전 약속 장소를 정하던 중, 선남이 내게 좋아하는 음식이 뭐냐고 질문했다. 당시에 서울에 있는 맛집 삼겹살집을 투어할 만큼 삼겹살에 빠져 있었다. 연락을 하다가 그게 생각났고, 고기 좋아한다고 했다. 선남도 고기를 좋아한다며 삼겹살집에서 보자고 했다. 약속 장소를 찾는 일을 내가 했고, 선남이 장소를 선택했다.

선 자리에서 삼겹살은 그다지 좋은 메뉴가 아니라는 것을 몸소 체험하게 되었다. 고기를 먹으면서 선남은 자연스럽게 선 자리를 리드했다. 더불어 본인 어필이 계속되었다. 그때는 좋지도 나쁘지도 않은, 무감정한 상태였다. 고기를 굽고 익은 고기를 건네주던 선남이 나에게 관심이 있음을 알 수 있었다.

고기를 구워주던 직원에게 두 분 잘 어울린다는 말을 듣자, 선남의 표정에서 기분 좋은 감정이 그대로 드러났다. 순간 선남이 부러웠다. 나도 마음에 드는 선남이 나와서 설레고 잘 어울린다는 말을 들으면서 기분 좋아할 수 있으면 좋겠다 싶었다.

삼겹살이라는 메뉴는 고기가 익을 때까지 시간이 필요하다. 고기를 싸 먹는 데 시간이 걸리고, 또 익을 때까지 기다려야 하기 때문에 식사 시간이 길다. 누군가는 그걸 좋아할 수도 있고, 누군가는 삼겹살을 주방에서 다 익혀서 줬으면 할지도 모른다. 나의 경우는 후자였고, 고기 익는 데 걸리는 시간이 너무 길게 느껴졌다. 길어지는 식사 시간만큼 해야 할 이야기가 필요했다.

해서는 안 되는 질문을 선남에게 아무렇지 않게 했다. 선을 몇 번이나 봤는지, 마지막 연애는 언제였는지, 왜 헤어지게 되었는지를 물어봤다. 지금 생각해보면 처음이기에 용감하다 생각할 수도 있겠지만, 무식했고 무지하기 때문에 할 수 있는 질문이었다. 선남은 적절하게 대답을 했다. 그러다 내게 똑같은 질문을 했고, 나 역시 솔직하게 대답을 했다.

그런 질문을 할 수 있었던 건 당시만 해도, '난 이 자리에 어울리는 사람이 아니야' '난 이렇게 배우자를 만날 수 없다는 것을 알아'라는 자세였기 때문이다. 오만하고 재수 없었다.

주문한 고기가 다 익을 때까지 대화는 계속되었다. 대화의 내용은 형식적인 이야기가 대부분으로 큰 특징이 없었다. 다만 확실하게 기억에 남아 있는 것이 있었다.

당시에 추석이 다가오고 있었다. 선남의 아버지께서 이번 추석도 혼자서 보낼 거냐, 왜 여자를 못 만나냐며 답답하셨는지 선남에게 여과되지 않은 거친 말들을 퍼부었다고 한다. 선남도 참지 않고 본인의 의견을 다 말하며 거하게 싸웠다고 했다. 선남의 아버지는 연세가 많으셨고, 옛날 사람이라 대화가 통하지 않아서 엄청나게 스트레스를 받는다고 했다.

선남은 첫 만남에서 아버지와 거하게 싸웠다는 이야기를 실감나게 들려줬다. 부모와 자식 간에 다툼이 있을 수 있다. 충분히 이해한다. 그런데 선 자리에서 긴장감 없이 편하게 이야기할 수 있는 주제는 아니라고 생각했다. 강해 보이는 선남의 인상이 싸움을 부르는 싸움 유발자처럼 보였다.

삼겹살집에서 식사를 마치고 카페에서 또다시 형식적인 이야기를 나눴다. 선남은 바로 애프터를 신청했다. 거절하고 싶기도 했고 승낙하고 싶기도 했지만 거절하고 싶은 마음이 조금은 더 컸다. 거절한다면, 집에 가서 부모님께 어떠한 이유로 거절했는지 확실하게 말할 거리가 필요했다. 두 가지를 해결할 마땅한 말이 떠오르지 않았고, 선남과 한 번 더 보기로 했다.

집까지 데려다 주겠다던 선남의 제안을 거절하고, 혼자 집으로 갔다. 집으로 가는 길에 조금 전에 있었던 일들을 되새겨봤다. '그래, 이게 선이구나. 내가 선을 봤구나' 실감했다.

집에 도착하자 부모님은 기다리고 계셨고, 어땠냐는 질문에 한 번 더 보기로 했다고 하자 잘했다는 말을 들었다. 정말 잘한 건지, 잘했다면 어떤 부분이 잘한 건지 모르겠지만 지금도 그날의 피로함이 기억난다.

긴장이 풀리자 허탈했다. 감기를 낳는 사람과 한 번 더 보기로 했고, 벌써부터 두 번째 만나야 한다는 압박에 겁이 났다. 그 후 지속적으로 연락을 했다. 첫 번째 만남 이후, 돌아오는 주말에 두 번째 만남을 가지게 되었다.

선남은 나와 만나기 전에 주차장에서 차를 빼다가 싸웠다는 이야기를 자리에 앉자마자 내뱉었다. 바로 방금 전에 있었던 일이었기에, 화를 가라앉히는 데 시간이 필요할 것 같았다. 선남은 연식이 오래된 아파트에 살고 있었고, 지상 주차장인데 주차된 차를 빼면서 이웃 주민과의 언쟁이 자주 일어난다고 했다.

급하게 영화를 예매해 극장에 갔는데, 영화는 너무나 재미없었고 좌석도 맨 앞자리라 목이 아팠다. 스크린을 향해 고개를 소극적으로 올리다 내리다 하던 선남의 고개는 결국 땅으로 꺼졌고, 영화가 시작된 지 얼마 되지 않아 영화 속이 아닌 꿈나라로 떠났다. 선남은 한참을 자고 일어나서 아무렇지 않게 일어나 밥 먹으러 가자고 했다.

두 번째 만남에서 선남이 하는 일에 대해 구체적인 이야기를 했고, 사업도 같이 하고 있다고 했다. 현재 사업이 안정기에 접어들었고, 다음 사업을 계획 중이라고 했다. 현재는 만족스러운 매출을 보이고 있고, 앞으로도 지금과 같이 유지될 것이라며 자신감 있게 어필했다. 어떻게 호응을 해야 하는지, 어떤 반응을 해야 적절한지 몰랐다. 선남의 이야기에 감흥이 없었다. 선남과의 두 번째 만남에서 난 더 헷갈렸다.

선남은 태도가 적극적이었고, 대화를 나누면 어느 정도는 이야기를 주고받을 수 있는 사람이었다. 선은 이 정도면 다음 단계를 시작할 수 있는 걸로 봐야 하는 건가? 헷갈렸다. 당시에는 평소 알고 지내던 사람들과 연애를 했었기에 더 헷갈렸다.

그리고 연이어 세 번째 만남이 있었다. 눈치가 빠른 선남은 내가 선남에게 관심이 없다는 것을 처음부터 알고 있었다. 그럼에도 선남은 노력이라는 것을 했던 것 같다. 그리고 난 그 노력에 부응해야 할 것만 같았다. 사람의 마음이라는 게 누군가에게 받은 만큼 돌려주는 거래의 관계가 아님에도 불구하고, 노력하는 선남을 보고 있으면 내까짓 게 뭔데 이렇게 도도하게 나오는 건지 싶었다.

선남은 세 번째 만남에서도 충분하게 어필을 했다. 집으로 바래다주던 차 속에서 말했다. 한 달 뒤에 새로 차를 뽑을 예정인데, 지금 타고 있는 차를 나에게 주겠다고 하기도 했다. 집 앞에 도착해서는 얼마 전에 우리 집 근처에 거주하던 여성과도 선을 봤었는데, 본인은 마음에 안 드는데 여성분이 마음에 든다며 계속 연락해서 차단해버렸다는 이야기도 들려주었다.

선남은 내 마음을 알고 싶다고 했다. 결정을 말해달라고 하는데, 차라는 좁디좁고 고요한 공간에서 어떻게 거절을 해야 할지 머릿속이 하얗게 되었고, 서로 알고 지내는 지인으로 지내면 어떻겠냐는 허무맹랑한 말을 내뱉었다. 선남은 YES or NO 확실하게 말해달라고 했지만 NO를 못 할 것만 같았다. 확실하게 말해달라는 선남의 말이 맞다. 하지만 그러질 못했다. 그렇게 하지 못하는 이유를 선남은 알고 싶어 했다.

난 오히려 선남에게 물어봤다. 날 세 번 봤는데 날 보면 심쿵했냐는 질문에, 선남은 그렇다고 지금도 심쿵하고 있다고 했다. 난 그렇지 않다고 했고, 왜 심쿵하지 않는 건지 모르겠다고도 했다. 단지 그렇지 않다고 해서 NO를 외치는 게 맞는 건지 모르겠다며 답변을 회피했다. 그럼에도 불구하고 선남은 확실하게 대답해달라고 재촉했다. 나는 지인으로 지내는 건 무리냐고 다시 되물었다.

선남은 즉각적인 대답을 원했지만 난 확실한 대답을 주지 못했다. 선남 역시 앞으로 어떻게 할지에 대해 결론을 내지 않은 채 헤어지게 되었다. 시간도 늦었고 다음 날 출근을 위해 각자의 집으로 돌아갔다.

그로부터 며칠 뒤 친구들과 신나게 야구 경기를 보고 와서 친구 집에서 배달 음식을 시켜놓고 즐거운 시간을 즐기려고 하고 있을 무렵이었다. 선남에게 전화가 왔다. 선남은 지인으로 남고 싶지 않고, 네가 날 마음에 들어 하지 않는데 그걸 딱 잘라서 말하지 못하는 거라고, 그건 아닌 거라고 본인 이야기만 하고 끊었다.

맞다. 선남 말이 백번 맞다. 난 거절에 서툴렀고 선 자리에 정해진 규칙이 있는 건 아니지만, 상대가 마음에 드는지 아닌지에 대해서는 확실하게 해야 하는 게 선이다. 선은 모르는 이성을 인물탐구하는 만남이 아니다. 아무리 처음이 서투르다고 하지만, 난 선남에게 실수를 저질렀다. 그는 상처를 받았을 것이다. 미안했다.

분명 선남과 잘 맞는 사람이 존재할 것이라고 생각했다. 나와 맞지 않았지만 맞춰봐야 하나? 하는 어리석은 생각을 해보기도 했었다. 그래서 선남의 확실함이 고마웠다. 나답지 않은 선택을 하지 않게 해줬으니까.

선남은 본인과 잘 맞는 사람을 만나면 결혼생활도 잘할 것 같은 사람이었다. 만남 후 2~3년 정도의 시간이 지났을 무렵 선남이 결혼했다는 이야기를 전해 들었다. 그동안 선을 봤던 선남 중 처음이자 마지막으로 들어봤던 결혼 소식이었다. 선을 보면서 처음으로 고마움을 느꼈던 선남이었다. 퐈이팅이 넘치고 퐈이터의 기질을 가지고 있던 선남이 한동안 부럽기도 했다. 더 이상 선을 안 봐도 되니까.

아는 동생의 본가가 우리 집과 가까웠는데 본가에 볼일이 있어서 왔다며 갑자기 만나게 되었다. 동생은 싱글인 나를 보자 지금 이렇게 느긋하게 있을 때가 아니라며, 소개팅이 시급해 보인다고 경각심을 일깨워주었다. 나에게 선택지는 없고 무조건 만나보라며 조만간 연락을 주겠다고 했다.

그 동생과 만나고 며칠 후 남성에게 연락이 왔다. 이번은 선이 아닌 소개팅이라고 말하고 싶다. 왜냐면 선과 소개팅의 목적으로 봤을 때 소개팅이 맞았다. 결혼보다는 연애가 더 하고 싶었고, 깊게 잠들다 못해 기절한 연애세포를 깨우고 싶은 마음이 훨씬 컸다.

아는 동생의 친구였던 소개팅남은 한 살 연하였다. 현재 룸메이트이며 능력 있고 좋은 친구라고 했다. 이 만남을 계기로, 그리고 거기에 나의 모든 경험이 합쳐지면서 더 이상 나에게 연하는 이성이라는 느낌이 들지 않는 존재가 되었다. 남성도 여성도 아닌 제3의 존재 같다고 할까. 내 연애 상대로는 좋지 않다는 편견이 강하게 생겼다.

하월드 왈로위츠

평소 미드를 즐겨 보는 편인데, 그중 〈빅뱅이론〉을 좋아한다. 작업을 할 때 노동요처럼 틀어놓을 정도로 나의 최애 드라마다. 칼텍에서 근무하는 괴짜 천재 네 명의 우정과 삶을 그린 드라마인데, 네 명 모두 덕후 기질이 다분한 키덜트로 고등학교 때 입던 옷을 삼십 대까지 계속 입고 다니지만, 신상으로 나온 스타워즈 아이템은 그 누구보다 빠르고 신속하게 구입하는 캐릭터들이다. 너드미를 제대로 느낄 수 있다. 캐릭터 네 명이 모두 매력 있지만 그중 하워드 왈로위츠는 빅뱅이론 드라마 속에서 보물과도 같은 존재다. 성대모사도 잘하고 별거 아닌 듯한 대사도 맛깔스럽게 표현한다.

네 명의 스타일은 각자 캐릭터에 찰떡같이 어울린다. 그중 하워드는 왜소하고 작은 체격에 말재주가 좋은 캐릭터 이미지에 맞게 펑키한 스타일이다. 셔츠를 바지 속에 가지런하게 모조리 집어넣고, 페이크 목 폴라는 그 어떤 의상에도 빠지지 않고 꼭 입는다. 또한 큰 벨트를 하는 게 포인트다. 헤어 스타일은 가르마가 보이지 않는 더벅머리로 이마를 거의 다 덮어 눈썹도 거의 가렸다. 신발은 본인 실제 발 사이즈보다 조금 큰 듯한 사이즈를 신고, 상체 하체 모두 타이트하게 옷을 입는다. 마치 만화영화 속에서 막 나온 듯한 이미지로 현실에서는 조금 보기 어려운 스타일이다.

이건 미드 속 이야기다. 그런데 한국판 하워드를 본 것 같았다. 아니, 한국판 하워드를 봤다.

오랜만에 만난 동생이 나에게 강력한 한 방을 날렸다. 누나가 걱정된다며, 이미 노산에 속했고 이젠 누구라도 일단 만나 보라고 했다. "노산…… 노산……" 노산이라는 말이 강력하게 머릿속에 메아리처럼 맴돌았다.

그러니까 내가 노산에 속한다 이거지? 내가, 노산? 내가 노산에 속한다고? 그래! 소개팅 고!

당시에 소개해줬던 동생도 여자친구가 없었기에 "너나 잘해"를 연발하면서도, 노산이라는 강력한 펀치를 맞고 정신을 겨우 붙잡고 있었다. 동생 본인보다는 내가 훨씬 급하다는 말에 바로 "할게" 하며 승낙했다.

동생은 소개해주려는 사람의 간단한 프로필을 읊어주었다. 본인과 오랫동안 같이 사는 친구인데, 능력 있고 괜찮은 사람이라며 내 번호를 전달해주겠다고 했다. 남성은 이미 아는 동생을 통해서 나를 본 적이 있고 이후 소개해달라고 여러 번 말했다고 했다.

동생과의 만남 이후 얼마 지나지 않아 남성에게 연락이 왔다. 약속 장소를 정하기 위해 연락하던 중 남성이 알아보겠다고 했다. 얼마 뒤 남성이 보자고 한 장소는 호프집이었다. 이십 대 분들이 좋아할 것 같은 분위기와 메뉴가 있는 곳이었다. 소개해준 동생과 남성 둘 다 평소 술을 좋아하고 즐기는 사람들이기 때문에 약속 장소로 호프집을 고른 건 이해는 되었다.

남성을 만나기로 한 날이 되었다. 남성과 약속한 시간보다 조금 일찍 도착했다. 남성도 거의 다 왔다고 연락이 왔고 기다리는 동안 카페에서 커피를 주문했다. 전날 잠을 거의 못 잤다. 설레지도 않았고, 긴장감도 없었는데 어떤 이유에서인지 좀처럼 잠이 오질 않았다. 약속 장소에 도착하자 피로감이 몰려왔고, 커피가 필요했다.

 카페에서 주문한 커피를 기다리던 중 남성에게 도착했다고 연락이 왔다. 남성에게 카페에 있다고 했더니 본인이 카페로 오겠다고 했다. 커피를 기다리며 시선은 문 쪽을 향해 고정하고 있었다.

 순간 누군가 들어왔다. 어떤 남성이 들어왔는데, 너무나 당연히 그 남성은 아니겠지 싶었다. 아는 동생이 나에게 그럴 리는 없으니까, 그래도 친하게 지내는 사이인데 당연히 아닐 거라고 생각했다.

 카페 안에는 사람이 많아서 서 있을 수 있는 곳조차 없었다. 커피를 들고 카페를 나와서, 사람이 너무 많아 카페를 나왔다는 메시지를 남성에게 보냈다. 남성에게서 전화가 왔다. 순간 카페 문을 향해 나의 시선은 고정되었고, 아까 봤던 그 남성이 전화를 받으면서 나를 향해 걸어오고 있었다.

 하워드 왈로위츠가 나에게로 오고 있었다! 하워드 왈로위츠보다도 작은 키에 예전에 엄청나게 화제였던 〈별은 내 가슴에〉라는 드라마에 나오는 안재욱 머리를 하고, 뾰족한 구두를 신고, 셔츠는 반듯하게 바지 속에 꼼꼼히 넣고, 챔피언왕 벨트를 한 남성이었다. 멀리서도 양쪽 뻐드렁니가 시원하게 보였고, 활짝 웃으며 내가 있는 쪽을 향해 왔다.

아는 동생이 왜 그랬을까? 뭘까? 내가 뭘 잘못했지? 내가맘 상하게 한 게 있나? 내가 이렇게 잘못한 게 있나? 뭐였을까? 복수를 제대로 하는데? 머릿속에 지진이 일어났다. 초점이 흐려질 만큼 혼란스러웠다. 남성과 어색하게 인사를 나누고 자리를 옮기기로 했다.

약속 시간은 저녁식사 시간이었다. '그래, 배를 채우고 조금 여유를 가지고 이 상황을 찬찬히 생각해보자.' 약속 장소는 걸어도 걸어도 절대 나오지 않는 신기루처럼 너무나 멀었다. 걸어가는데 남성의 정수리가 보였다. 굽이 일 센티미터도 안 되는 플랫단화를 신었는데 다행이다 싶었다. 힐을 신었더라면 서장훈이 될 뻔했다.

마침내 약속 장소에 도착했다. 호프집은 사진보다 훨씬 낙후되어 있었고, 한때 이십 대 분들이 한껏 즐기다 간 흔적들이 고스란히 남아 있었다. 룸이 있었는데, 룸이라고 하기엔 너무 좁았다. 테이블마다 칸막이를 쳐놓았을 뿐, 룸이라는 단어조차 거창했다. 남성은 처음 만나는데 조용하고 프라이빗한 공간이 좋을 것 같아서 여기로 골랐다고 했다.

남성이 원했던 그 프라이빗함이 내 숨통을 조여왔다. 너무 좁았고, 화장실이라도 가려고 하면 장애물을 넘고 넘어야 갈 수 있었다. 차라리 주변에 사람들이라도 보였다면, 룸이 아니었더라면 이렇게까지 답답하진 않을 텐데 싶었다.

자리에 앉자 사장으로 보이는 사람이 메뉴판을 건네줬다. 메뉴판은 종이에 코팅한 것이었는데, 코팅 위로 먼지와 이물질이 잔뜩 껴서 찐득거렸다. 배가 많이 고팠지만 참아야 될지도 모른다는 예감이 들었다.

테이블 간 거리는 비좁고 가까웠다. 처음 만났는데 비좁은 공간에 있게 되자, 남성과의 거리가 부담스러웠다. 시선을 맞추기가 어려울 만큼 가까웠다.

남성은 처음 만날 때부터 계속해서 웃음을 머금고 눈에서 레이저를 쏘아댔다. 너무 부담스러웠다. 형식적인 이야기라도 나눠야 하는데, 아무 생각도 안 났다. 쉴 새 없이 〈별은 내 가슴에〉 안재욱 머리를 쓰다듬으며 시원하게 보이는 뻐드렁니를 직관하는 시간이 길어질수록 피로해져갔다. 나의 어색함으로 인해 남성도 뻘쭘했던 것 같다.

뻘쭘함을 눈치챈 남성은 분위기를 전환하기 위해 처음부터 손에 쥐고 있던 쇼핑백을 건네줬다. 쇼핑백 안에는 향수가 있었다. 여성들이 대체로 좋아하는, 불호가 별로 없는 향수였다. 평소 한 가지 향수만 고집하는데, 내가 사용하는 향수의 향과 비슷했다. 남성의 취향도 고마웠고, 신경을 많이 쓴 배려심도 좋았다. 좋아하는 향수라고 고마움을 전한 뒤 얼마 지나지 않아서 주문한 음식 아니, 안주가 나왔다.

안주는 왜 안주인지를 알려줄 만큼 짭짤했고, 당연히 술과 같이 먹어야 할 것만 같았다. 난 술을 잘 못하고, 즐겨 하는 편도 아니다. 예전에는 술을 못하지만 그래도 술자리 분위기를 조금이나마 즐기기도 했었다. 그런데 이제는 그런 자리조차 점점 없어졌고 있어도 피하게 되었다. 안 그래도 평소에 낯을 가리는데 소개팅 자리가 술자리여서 더욱 긴장하게 되었다.

남성은 확실히 술을 즐기는 사람이었다. 주문한 안주가 나오기도 전부터 마카로니에 깡소주를 즐겼다. 그러다가 안주가 나오자 본격적으로 술을 마시기 시작했다. 안주도 별로 안 먹고 물과 술을 번갈아가며 마시는, 그야말로 주당이었다.

나도 맥주를 조금씩 홀짝거리며 남성과 속도를 맞추긴 했다. 내가 맥주를 한 모금 찔끔 마시면 남성이 소주 한 잔을 마셨다. 남성은 안주를 거의 먹질 않았다. 원래 술 마실 때는 안주를 안 먹는다고 했다. 빈속에 그것도 혼자서 술을 먹다 보니, 남성은 조금씩 흐트러지기 시작했고 생각보다 빠르게 취기가 오르는 것을 볼 수 있었다.

남성은 많이 취했던 것 같다. 소개팅이라 긴장을 많이 했던 것 같기도 하고, 술을 받아주는 사람도 없다 보니 혼자서 홀짝홀짝 마시며 가속도가 붙었던 듯했다. 술에 취하자 특유의 "쓰읍~ 하앗!" 소리를 내며 숨을 고르지 못하게 쉬기 시작했다. 그때부터 내 이름을 우렁차게 불러댔다.

남 : ○○씨, 조아함뉘다.

나 : 아~, 네. 감사합니다.

남 : ○○씨, 조하홥니다.

나 : 네. 그래요. 취한 것 같은데, 이제 그만 드시는 게 좋을 것 같아요.

남 : 저 취한 거 아닙니다.

나 : 그래요. 취한 사람들은 하나같이 그렇게 말하더라고요.

　남성은 계속해서 안주 없이 홀짝홀짝 소주를 흡수했고 점점 흐트러졌다. 안주는 점점 식어가고, 천장에서 돌아가는 에어컨으로 인해 빠른 속도로 말라갔다. 오래 있으면 남성이 술을 계속 마시면서, 걷잡을 수 없이 더 취할 것 같았다.

　만남을 정리하며, 호프집을 나왔다. 집으로 가려고 하는데, 남성이 2차를 가자며 재촉했다. 대부분 소개팅에서 1차와 2차를 한다고 하면, 보통 1차에서는 밥을 먹고 2차 카페에 갈 것이다. 그러니 1차에 호프집을 갔으니 2차에는 카페로 가겠거니 짐작을 했다.

　남성은 자기가 알아본 곳이 있다며 비틀거리며 앞장서서 걸어갔다. 그런데 그가 나를 이끌고 간 2차 장소는 또 호프집이었다. 메뉴가 다양하고 이십 대 분들이 좋아할 것 같은 호프집이었다. 그래도 숨 막힐 듯 좁은 곳을 벗어나, 주변에 사람들이 보이고 식사 정도는 할 수 있을 것 같은 메뉴들이 있어서 다행인가 싶었다.

2차 장소에 들어왔을 때 배가 많이 고팠던 것으로 기억한다. 그래서 일단 배를 채우고 안정을 찾고, 이 상황을 잘 대처해보자 했었다. 내가 식사거리가 될 만한 메뉴를 고르는 동안, 남성은 이번에도 소주를 안주 없이 마시기 시작했다.

식사가 될 만한 안주로 배를 채우자 이성이 돌아왔다. 이 만남을 어떻게 하면 현명하게 정리할 수 있을지에 대해서 먹는 내내 고민했다. 그러나 고민할 새도 없이, 남성은 가볍게 취함 단계를 뛰어넘어 꽐라 단계에 돌입했다.

2차까지 이어진 내 이름 부르기. 남성은 내 이름 부르기 놀이의 소용돌이에 빠져 헤어 나오지 못하고 있었다. 그 모습이 마치 지긋지긋한 직장상사의 꼴 보기 싫은 점들이 랜덤으로 하나씩 재생되는 것처럼 날 미치게 만들었다.

그 자리에서 개명을 하고 싶었다. 스타벅스 닉네임을 바꾸듯 쉽고 간단하게 개명을 할 수 있었다면, 그 자리에서 바로 바꿨을지도 모른다. 소중한 내 이름이지만, 버릴 수 있었다. 이름이 더럽혀진 것만 같았다. 내 이름을 스타일러에 넣어 열 시간 살균하고, 구청에서 소독해준다고 해도 안심이 될 것 같진 않았다.

살면서 이토록 내 이름을 목 놓아 불러준 사람은 없었다. 그럼에도 전혀 고맙지가 않았다. 그날 밤에 자려는데, 내 이름이 메아리처럼 들리는 것 같았다. 이름으로 데자뷔 현상을 느껴보긴 처음이었다.

더 이상 남성을 방치해선 안 될 것 같아서 남성에게 나가자고 했다. 다행히 남성은 두 발로 걸었다. 각자 집으로 돌아가려고 하는데, 남성이 굳이 나를 집까지 데려주겠다고 했다. 주정이 확실해서 완고하게 거절했다.

나는 술을 한 모금만 마셔도 얼굴이 빨개지는 체질이라 열도 식히고, 생각도 정리할 겸 걸어서 집에 가려고 했다. 헤어진 장소에서 집까지 15분 정도 걸어야 했다. 남성에게 제발 따라오지 말라고 했는데, 역시나 이름을 부르며 따라오고 있었다.

택시는 꼭 내가 필요할 때 잡히지 않는다. 걸어야만 했다. 버스를 탄다고 하면 버스까지 따라 올 텐데, 혹시나 버스에서 불미스러운 일이 생기면 곤란해질까 봐 버스는 탈 수 없었다. 그래서 빠르게 걸었다.

술기운을 빌린 건지, 원래 그런 마음이 있었던 건지 모르겠지만 남성은 계속해서 내게 스킨십을 하려고 했다. 많이 취한 남성의 행동은 느렸고, 난 마블 영화에 나오는 퀵실버처럼 그의 동작을 재빠르게 피했다. 집 앞 길목에 접어들자 눈물이 날 만큼 반갑고 감격스러웠다.

수많은 역경을 뚫고 집에 도착했다. 남성도 본인의 집에 잘 찾아간 듯했다. 아는 동생에게 연락이 왔다. 하워드는 집에 잘 왔다고. 그리고 미안하다고.

　얼마 뒤 아는 동생과 재회했다. 동생에게 조금도 장난기 없이 물었다. 도대체 나한테 왜 그랬냐고. 동생은 말을 제대로 못 했고, 미안하다는 말만 반복했다. 나중에 알게 된 사실이지만, 아는 동생은 항상 여자 쪽에서 먼저 대시해서 만나는 사람이었다. 그런데 처음으로 나에게 대시 아닌 대시를 했었는데 내가 정색하며 거절했다고 했다.

　그런데 난 그런 기억이 전혀 없다. 동생은 나에게 대시다운 대시를 하지 않았고, 제대로 된 어필을 하지 않았다. 본인은 했다고 생각할지 모르겠지만, 그건 어디까지나 본인 생각일 뿐이다. 흐리멍덩, 두루뭉술하게 말해놓고 혼자 상처를 받았는지 모른다. 그리고 그 상처가 컸던지 이런 식으로 복수를 했나 싶었다. 그 이후 관계가 멀어졌다.

　하워드 왈로위츠를 만난 이후로 연하에 대한 안 좋은 편견이 깊게 자리 잡았다. 연하를 남성이 아닌 다른 생명체로 인식하게 되었다. 이렇게 연하라는 연령층도 통째로 걸러줬다. 엄청 많은 부분을 덜어내 준 것이다.

이번 에피소드는 굉장히 짧다. 만남부터 헤어짐까지 총 15분 정도 만났으니까, 말할 거리가 적다. 카페에서 커피를 주문하고 헤어지는 시간까지 해서 총 15분의 시간이 소요되었다. 상당히 짧은 시간 동안 있었던 일이지만, 선남의 임팩트는 그동안 만나본 선남들을 통틀어 TOP 1위다. 절대강자.

네가 왜 거기서 나와

선 시장에 들어선 지 그렇게 오래되지 않았을 무렵이었다. 주선자는 이번에도 엄마였다. 엄마에게 선남에 대한 브리핑을 받고 시간이 얼마 지나지 않아서 선남에게 연락이 왔다. 선남의 집은 우리 집과 가까웠고 동네에서 보기로 했다.

선남이 약속 장소를 알아보고 전달해주겠다고 했다. 선남은 꼼꼼하고 섬세한 사람인 것 같았다. 동네 카페에서 주말에 보기로 했는데, 만날 카페 입구가 어디에 있는지까지 그려서 전달해줬다.

약속 당일, 평소보다 공들여 꾸몄다. 좋은 신발을 신어야 좋은 곳에 간다는 말을 믿어보고자 새로 산 구두를 신었다. 구두는 참 신기한 아이템이다. 발이 구두에 익숙해지는 데 시간이 필요하다. 무조건 새 구두는 발이 아프다.

새 구두를 신었던 건 아찔한 실수였다. 발이 아프다 못해 고문당하는 것 같았다. 걷는 게 불편해서 작은 보폭으로 약속 장소까지 힘겹게 걸어갔다. 팔을 크게 휘저으며, 상체의 반동을 이용해 힘차게 걸어갔다.

마침내 약속 장소에 도착을 했고, 도착해서 주변을 살피는데 누군가 자리에서 일어났다. 일어난 남자를 본 순간, 다리에 힘이 풀릴 뻔했다. 아니, 정신을 놓을 뻔했다. 어쩌면 살짝 정줄을 놓쳤는지도 모른다.

왜냐면, 전직 대통령이었던 분(남자)으로 현재는 교도소에 계신 분이 나를 쳐다보고 계셨다. 분명히 그분이었다. 분명히! 정신을 다시 잡았다. 아무리 생각해보아도 그분은 밖에 나오실 수가 없는데, 그리고 왜 이곳에 계신 거지? 눈을 계속해서 의심했다. 하지만 다시 봐도 분명 그분이었다.

뭐라고 했는지 기억도 나지 않을 통성명을 하고 자리에 앉았다가 커피를 주문하러 카운터로 갔다. 이때까지도 그분이 아님을 확신할 순 없었다. 커피를 주문하고 자리에 앉아, 정신을 가다듬고 선남에게 집중했다. 당연하지만 그분은 아니었다.

선남은 이동진 영화평론가처럼 빨간 안경을 쓰고 있었다. 그리고 앞머리를 누군가와 하이파이브라도 하고 싶은 듯 하늘을 향해 왁스로 고정시켰다. 태어나서 그런 앞머리를 한 사람은 처음 봤는데, 앞머리에 세로로 김을 붙인 것처럼 하늘을 향해 있었다. 선남은 나를 쳐다볼 때 안경 틈 사이로 쳐다봤다.

선남의 그런 모습을 보자, 외국 영화에서 한두 번쯤 봤을

만한 장면이 떠올랐다. 외국 할아버지가 신문을 보다가 누군
가 다가오면 읽고 있던 신문을 잠시 접어두고, 누구인지 파악
하기 위해서 안경 틈으로 유심히 쳐다보던 모습과 흡사했다.

선남은 긴장을 한 건지, 원래 그런 성격인지 알 수 없지만
일정한 행동을 반복했다. 선남이 마시고 있던 아이스 아메리
카노 컵에서 떨어지는 물방울을 휴지로 연신 닦아내거나, 양
복 깃을 양쪽 손으로 뒤로 넘기며 어루만지거나 하는 등 손
을 계속해서 움직였다.

내가 알고 있는 선남에 대해 이야기해보니 이번에도 누구
의 잘못인지 정보가 맞질 않았다. 전달받았던 나이보다 세
살 더 많았고, 거주하는 동네와 하는 일도 달랐다. 선남은 내
가 틀린 정보를 알고 있다며 하나씩 정정해줬다. 그러면서
정보도 다르고 자기랑은 안 될 것 같은데 일찍 헤어지는 게
좋겠다고 했다. 주문했던 커피는 주문했을 때의 양과 거의
같았다. 내가 너무 표정관리를 못했나? 다른 분과 헷갈려 했
던 모습이 들킨 건가? 순간 당황했다.

선남은 다시 말을 이어갔다.

낭 : 이 자리인지 어떤 자리인지 알고 나온 거죠? 남자친구 없어요?

나 : 네, 없어요. 그러니까 나왔죠.

낭 : 주변을 잘 둘러봐요. 그렇게만 해도 이 자리에 안 나오게 될 것 같
은데.

나 : 잘 봤는데, 없더라고요. 없어서 나왔어요. 황금 같은 주말이라고 하
잖아요. 황금 같은 시간을 쓸 만큼 그렇게까지 한가하진 않아요.

낭 : 암튼 저랑은 안 될 것 같잖아요. 누가 봐도. 너무 준수하세요. 저랑
은 다르게. 지금 일어나는 게 맞을 것 같아요.

나 : 제가 너무 준수하진 않은데요.

낭 : 일어날까요?

나 : 그러죠.

이렇게까지 15분 정도 걸렸다. 그런데 굉장히 강한 인상을
심어주었다. 닮은꼴 대회에 나가면 많은 사람들이 그분이 아
님을 알아차리는 데 조금 시간이 걸릴 것이다. 어? 어? 어? 아
~ 와 진짜 많이 닮았다, 정도의 반응을 불러일으킬 것 같다.

말도 안 되게 허무했다. 단장하는 데 한 시간 넘게 걸렸던
것 같은데, 15분 만에 모든 게 끝났다. 헛수고였다.

그리고 선을 보고 운 건 이때가 처음이었다. 다른 분과 착
각을 해서 놀랐고, 허무했고, 맞는 정보도 없었고, 이래저래
화가 나고 억울했다. 울면서 엄마한테 전화했다. 나한테 왜
그러냐고, 왜? 엄마가 잘못한 것도 아닌데, 엄마는 미안하다
고 했다.

미안하다는 말을 듣자, 내가 더 싫어졌고 더 슬펐다. 불편
한 구두를 질질 끌면서 집으로 다시 돌아갔다. 그러고는 그
구두를 다시는 신지 않았다.

이번 에피소드 역시 짧다. 만남의 시간은 총 20분 컷. '네가 왜 거기서 나와' 선남과의 만남이후, 어느 정도 마음이 안정을 찾자 다시 선을 보게 되었다.

고장난 스피커

이번 선남 역시 엄마가 주선했고, 집 근처에서 보게 되었다. '네가 왜 거기서 나와' 선남과의 만남 이후 선 자리용 꾸미기를 위해 들이는 시간이 현저하게 줄어들었다. 격식에 맞춰 최대한 깔끔하고 단정한 차림을 유지했지만, 꾸미기 위해 공들이는 과정이 전보다 많이 생략되었다.

선남과 집 근처 프랜차이즈 카페에서 만난 후 식사를 할 예정이었다. 선남이 고른 식당은 대학교 학식 느낌이 나는 식당이었다. 전달 받았을 때 선 자리로는 조금도 어울리지 않는다고 생각했다. 식당 메뉴 가격이 스타벅스 시즌 음료와 비슷했다.

소박한 입맛과 취향을 가지고 있는 분이라고 좋게 생각할 수도 있겠지만, 그렇게 되진 않았다. 선을 보는 장소로는 너무나 부적합하다는 생각을 떨쳐버리기 어려웠다. 혹시 이런 자리가 처음인지, 연애를 많이 안 해본 사람인지 의문이 들었다. 초반에 연락을 할 때부터 조금씩 의심스러웠다.

이 시기부터는 거의 완벽하게 선남들이 이끄는 대로 끌려

갔다. 그 어떤 의견에도 조율하지 않고 원하는 대로 맞춤 서비스를 했다. 의견을 내고, 서로의 의사를 조율하는 시간조차 큰 에너지가 소모되었고 의미 없는 것 같았다. 그저 빨리 해치우려는 자세를 갖추게 되었다.

약속 당일이 되었고, 카페에 도착했다. 카페는 1층에서 2층까지 연결된 동네 스타벅스였다. 도착했다고 선남에게 메시지를 보냈다. 선남은 본인이 내려오겠다며 통화를 끊었다. 1층 카운터 앞에서 기다리고 있는데, 2층에서 누군가가 내려오는 발걸음 소리가 들려왔다. 거대한 발걸음 소리였다. 계단의 안부가 궁금할 정도로 쿵쾅거리며 누군가 내려왔다. 선남이었다.

이번 선남은 보는 순간 뇌가 정지되는 기분이 들었다. 간단한 인사 후 커피를 주문하고, 2층으로 올라가 선남이 앉았던 테이블에 앉았다. 카페 안은 사람들로 빈 테이블 하나 없이 꽉 차 있었다.

마주 앉아 선남을 자세히 봤다. 선남은 분명 머리를 안 감고 나왔다. 하루만 머리를 안 감아도 티가 많이 나는 사람과 아닌 사람으로 나뉜다면 선남은 하루만 머리를 안 감아도 죄를 저지르는 것과 같은 사람에 속했다.

선남의 피부는 지성 중에서도 악지성에 속했다. 그런데 머리 감기를 스킵했다니 어떤 생각으로 그런 건지 알고 싶지도 않았다. 헤어스타일은 1 : 9로 가지런한 가르마를 하고 있었고, 영화 〈인터뷰〉에 나오는 심은하 단발을 하고 있었다. 탈모도 이미 상당히 진행된 것 같았다.

안경을 꼈는데, 앞이 제대로 보이는 건지 의문이 생길 만큼 기름이 잔뜩 묻어 있었다. 티셔츠에 면바지를 입었는데, 티셔츠는 목 부분이 많이, 정말 많이 늘어나 있었다. 면바지 역시 다림질을 깔끔하게 스킵해서, 주름이 자글자글했고, 특히나 무릎이 굽히는 부분은 인간의 뇌처럼 주름져 있었다.

걸리는 부분이 더 있을까 싶어 빠르게 눈을 굴려 관찰 모드로 전환해서 살펴보자마자, 속속들이 발견되기 시작했다. 바로 포착된 건 선남의 손이었다. 열 손가락 손톱에 촘촘하게 낀 시꺼먼 때가 보였다. 손톱을 기르는 건지, 손톱이 길면 깎아야 한다는 개념을 잊고 살고 있는지 심하게 길었다.

이 선남을 에피소드로 쓸까 말까 고민을 많이 했었다. 비위가 약한 사람은 글만 봐도 참기 어려울지도 모르기 때문이다. 비위가 약하신 분들은 이번 에피소드는 스킵하셔도 좋을 것 같다.

형식적인 대화를 이어가던 중 선남은 갑자기 화제를 반려동물로 돌렸다. 선남이 동물을 좋아하냐고 질문했고 난 좋아하진 않는다고 대답했다. 나는 동물을 제대로 키워본 적이 없어서, 동물에 대한 개념이 없다. 강아지를 보면 귀엽다고 생각하지만, 그뿐이다. 반려동물에 대해 깊게 생각해본 적이 없다.

그러자 선남은 고양이를 5마리를 키우고 있는데, 반려묘를 보여주겠다며 휴대폰 사진첩에서 사진을 찾으며 신이 난 모습이었다. '내 답변을 제대로 들은 건가? 내 발음에 문제가 있는 건가? 난 별로 안 좋아한다고 말했는데, 어떻게 알아들은 거지?' 다시 내가 했던 말을 되새겨 보고 있을 무렵이었다. 선남은 사진 찾기가 끝난 모양인지 휴대폰을 내 쪽으로 넘겨주며 사진을 보라고 했다.

핸드폰을 보자마자 경악을 금치 못했다. 소리를 지르지 않은 것만으로도 '참 잘했어요' 스티커를 한 다발 받을 만했다. 핸드폰 액정을 가득 채운 기름, 그 사이로 음식 국물 자국이 묻어 있었다.

선남은 휴대폰을 보면서 빨간 국을 먹은 적도 있고 검은 국물(아마도 짜장면)도 먹었구나 싶었다. 휴대폰을 옆에 두고 맛있는 걸 많이 먹은 모양이다. 다양한 국물 자국들이 대량으로 묻어 있었고, 화석처럼 변해가고 있었다. 핸드폰 케이스도 오래돼서 누런 지점토처럼 굳어져 있었고, 정말 너무 더러웠다.

하지만 선남에게는 청결, 비만, 외모, 탈모보다도 훨씬 심하고, 견딜 수 없었던 부분이 있었다.

선남은 최근에 팀장이라는 직함을 가지게 되었다고 했다. 당시 선남의 나이로는 늦은 감이 있었다. 팀원들과 어떻게 잘 지내는지 모르겠다며 고민을 털어놓았다. 선남은 팀원 관리가 너무 어렵고, 힘들다고 했다.

나는 팀원이랑 잘 지내고, 좋은 관계를 유지하는 것도 중요하지만 아무래도 회사라는 조직 내에서 만난 사람들이기 때문에 본인들이 맡은 업무를 충분히 해낼 수 있도록 도움을 주고, 나 역시 내 맡은 업무를 잘 해내면 되지 않겠냐고 대답했다.

선남은 맞다면서 계속 자긴 일이 어렵고 힘들다며 특히나 팀원들이 자기를 힘들게 한다고 했다. 나는 "쉽진 않죠"라고 답변을 해주면서 다른 주제로 넘어가려고 했다. 그러나 선남의 한풀이는 한동안 계속되었다.

선남의 고민을 듣다가 이상한 점을 발견했다. 선남은 말을 할 때 목소리 볼륨이 아이처럼 조절이 안 되는 사람이었다. 한국말에는 성조가 존재하지 않는데, 선남은 성조가 있었다. 보통 중요한 부분이나 강조하고 싶은 부분을 크게 말하거나 쉬었다가 말하는 등 조절해서 말한다.

그러나 선남은 중요하지 않는 부분에서 갑자기 볼륨이 올라갔다. 볼륨은 날카로운 음으로 갑자기 올라갔다. 놀랄 만큼 갑자기. 위의 대화 내용을 예를 들어서 말한다면…….

제(↑)가(↑) 이번에 팀장(↑)이 처음 되었(↑)는데 너무 힘들어요.

팀(↑)장(↑) 언제(↑) 되셨(↑)어요?(↑)

어떻(↑)게 하면(↑) 잘할 수(↑) 있(↑)는지 비법(↑) 있어(↑)요?(↑)

스(↑)타벅(↑)스 커피 비(↑)싸서 잘 안(↑) 와요.

요(↑)즘(↑) 사람들 이(↑)해하기 너무(↑) 힘들어요.

　책의 머리말에서 과장은 있을지 모르겠지만 거짓은 없다
고 적었다. 하지만 이건 과장도 아니다. 전혀 생각치도 못한
단어를 갑자기 볼륨을 키우며 말했다.

　당시는 코로나 시기가 아니었다. 테이블 간 거리도 꽹장
히 가까웠다. 내가 궁금하지 않아도 옆자리에서 나누는 대화
내용을 생생하게 들을 수 있을 만큼 가까운 거리를 유지하던
시절이었다.

　선남은 말을 할 때마다 볼륨 조절에 실패했고, 나뿐만 아
니라 근처 테이블에 있던 사람들도 고개를 돌려 선남을 쳐다
보았다. 그곳에는 이웃 주민도 건너건너 테이블에 있었는데,
〈맨 인 블랙〉 기억제거 장치가 실제로 존재하는 물건일지 진
지하게 생각해봤다. 어떻게든 손에 넣을 수만 있다면 제일
먼저 이웃 주민에게 사용하고 싶었다.

　그때 내가 청각에 예민한 사람이라는 것을 새삼 다시 느꼈
다. 도저히 견뎌지지가 않았다. 이 만남을 내가 빨리 정리해

야겠구나 싶었다. 내가 나서야 했다.

너무나 고맙게도 내가 앉아 있던 자리 정면에서 밖의 건물에 설치된 큰 시계가 보였다. 그 시계에 시선이 거의 고정되었다. 시계를 보면서 나갈 타이밍을 찾았던 것 같다. 20분 정도 시간이 흘렀을 무렵 선남에게 자리에서 일어나자고 했다. 선남은 순순히 일어났고, 카페를 나와서 조심히 들어가라는 말을 하자 어리둥절해 했다. 선남은 저녁 식사를 하러 가는 줄 알았던 듯했다. 집으로 가려고 하는데, 선남이 집까지 데려다 주겠다고 했다. 괜찮다고, 혼자 가고 싶다고 했다.

다행히 선남과 반대 방향이라 금방 헤어지게 되었고, 몸을 돌리자마자 눈물이 났다. 가슴 깊숙하게 자리 잡고 있던 응어리가 터진 것처럼 거친 울음이 터져 나왔다. 얼마 전 '네가 왜 거기서 나와' 선남 때 크게 울어서 눈물이 남아 있지 않은 줄 알았는데, 아니었다. 구성진 울음이 터졌다. 시내 한복판에서 울 수 있는 울음 크기가 아니었다.

그새 선남에게 배웠는지 울음소리 크기 조절이 안 되었다. 인적이 드문 건물 안으로 들어가, 남았던 울음을 다시 꺼내 울었다. 그리고 엄마한테 전화했다. "이건 내가 견딜 수 없는 일이야. 제발 그만했으면 좋겠어"라고 했다.

하지만 그 후로도 계속 선을 봤다. 당시엔 선을 보기 시작한 지 얼마 되지 않았을 무렵이었는데 큰 산을 두 번 넘으며 나름 수련과 단련을 하게 되었던 것 같다. 그 수련과 단련이 도움이 된 건지, 점점 무뎌진 건지 모르겠지만, 적어도 선을 보자마자 엄마에게 전화해서 화풀이는 하지 않게 되었다. 그냥 술을 마셨다. 그리고 술이 늘었다.

이번 만남은 소개팅이라 하고 싶다. 그 당시에 결혼은 나와 거리감이 있었다. 과연 나에게 일어날 수 있는 일인지 의문조차 들었다. 제대로 된 독립을 해본 적도 없었기에, 가족과 떨어져 새롭게 살아간다는 것에 대한 분리불안도 조금 있었다.

또 이런 만남을 통해서만 배우자를 만날 수 있는 건지, 나는 자만추인 것 같은데, 도저히 자연스러운 만남을 추구하면 안 되는 건지 야속하기까지 했다. 결혼을 축구로 비유한다면, 골을 넣고 싶은데 골대 근처에 개미 똥만큼이라도 가까워지고 있는 것 같지 않았다. 오히려 우주만큼 멀게만 느껴졌다. 그런데 주변에서 일단 연애를 해라, 연애를 시작하면 조금이나마 가깝게 느껴진다는 조언을 했다. 일단 그 조언에 충실하고 싶었다.

때마침 소개팅 자리가 들어왔다. 하기로 하고, 빠르게 만나게 되었다.

느그 아부지 뭐 하시노?

주선자는 친구였다. 남성에게 내 연락처를 전달했고 한번 만나보라고 했다. 친구가 말하는 '한번 만나봐'와 엄마가 말하는 '한번 만나봐'는 하늘과 땅만큼 느낌이 달랐다.

예상보다 훨씬 빠르게 남성에게서 연락이 왔다. 난 청각이 민감한 사람 같다. 고장난 스피커에 충격을 받은 후로 목소리를 미리 듣고 싶었다. 하지만 이것도 나중엔 하지 않았다. 소개만 받으면 바로 나갔다.

남성에게 시간이 괜찮으면 전화통화를 하고 싶다고 메시지를 보냈다. 통화하기 편한 시간을 알려주면 전화하겠다고 했더니, 남성에게서 지금 당장 괜찮다는 연락이 왔다. 바로 선남에게 전화를 걸었다.

남성의 목소리는 높은 음역대였고 말투는 다소 장난스러웠다. 질문 내용도 그랬고 이 만남을 굉장히 가볍게 생각하는 듯했다. 대화를 나눌 때 입가에 웃음을 머금고 이야기를 하는 것처럼 들렸다.

일단 통화로만 느껴지는 남성의 느낌은 이랬다. 대학교에서 여럿이 모여 함께 조별 과제를 하는 상황이라고 한다면, 조장이 아닌데도 연락하는 것을 좋아해서 다른 조원들의 질문에 성실하고 빠르게 답변을 해주고, 중간에서 소식통 같은 역할을 충실하게 하는 그런 친구 같았다.

남성과 전화로 가벼운 일상 이야기를 이어갔다. 남성은 퇴근은 몇 시냐, 오늘 퇴근 후 뭐 했냐 같은 질문을 했다. 나 역시 가볍게 퇴근 후에 친구와 통화를 했는데 소개팅이 잘되면 새끼 쳐서 본인도 다리를 놔달라는 이야기를 했다는 말을 했다. 어떤 의미를 담아서 얘기한 것이 아니라, 그저 분위기를 조금이라도 편안하게 해보고자 했고 방금 전에 있었던 말을 했던 것뿐이었다.

그런데 남성이 굉장히 신박한 제안을 했다. 남성의 친구 중에도 소개팅을 해달라는 친구가 있는데, 남성의 친구와 내 친구와 함께 네 명이서 만나서 더블 소개팅을 하면 어떻겠냐는 것이다. 상상만 해도 재밌겠다면서, 그렇게 해보자는 것이다.

남성은 재미있는 놀이처럼 생각하는 것 같았다. 긴장감이나 진지함이 조금도 없었다. 얼굴이 보이지 않는 게 다행이었다. 직접 봤다면 표정관리가 잘 되진 않았을 것이다. 최대한 말투를 다듬어서 거절했다.

평소 낯을 가리는 성격인데, 어쩔 줄 몰라서 허둥거리는 모습을 친구뿐만 아니라 처음 보는 남성 두 명에게 보이기 싫다고 했다. 남성은 아쉬움 가득한 목소리로 "그럴 수 있겠네요"라고 했다.

과연 이토록 가볍게 제안할 수 있는 이야기가 맞는 건가? 내가 너무 예민한 건가 싶었다. 서로의 나이를 합치면 일흔 살도 넘어 소개팅이라는 단어조차 어색하게 느껴지는데, 남성은 조금도 진지하지 않았다.

남성은 이 만남을 가볍게 대하고 있었고, 난 그 가벼움이 썩 기분 좋진 않았다. 진중하지 못한 사람 같았다. 만남 자체를 편하게 생각할 수도 있겠지만, 남성이 나또한 가볍게 대할 것 같은 느낌이 들었다.

남성의 회사는 퇴근 시간이 빠른 편이었다. 남성이 내가 근무하는 회사 근처에 와서 기다렸다가 만나기로 했다. 최대한 남성이 기다리게 하고 싶지 않아서, 퇴근 시간보다 조금 서둘러 나왔다. 남성과 만나기로 한 식당은 가성비 좋은 세트 메뉴가 있는 이탈리안 식당이었다. 금전적으로 여유가 있는 대학생들이 한 번쯤 기분 내기 위해서 찾는 곳 같았다. 남성과 식당의 이미지가 잘 맞았다.

식당에 도착했다고 전화를 하자, 남성이 입구까지 나왔다. 전화 통화에서 느낀 이미지와 일치했다. 얼굴에 웃음기가 많이 담긴 인상이었다. 살면서 엄청난 고비나 풍파를 겪어본 적도 들어본 적도 없는 듯 잔잔한 인생을 살아온 것 같았다.

선한 인상으로 사람들에게 특히나 여성에게 관심이 많은 청년의 모습이었다. 살이 안 찌는 체질로 전혀 건장해 보이지 않았다. 세상이 궁금하고 호기심 많은 청년 같은 이미지였는데 내 또래 남자들에게서 볼 수 없는 소년미가 있었다.

어색하게 인사를 나눈 뒤 자리에 앉아 메뉴를 고르는데, 식당에서 제일 잘 나가는 메뉴를 알려주며 미리 찾아봤다고 했다. 섬세함과 준비성이 좋았다. 메뉴를 주문하고, 역시나 형식적인 질문을 하기 시작했다.

이야기를 나누는 내내, 남성이 집요하게 궁금해 하는 부분이 포착되었다. 우리 집안과 내가 나온 대학과 재정적인 부분에 상당한 궁금증이 있는 듯했다. 답변을 회피하지 않았지만 정확하고 확실한 답변은 하지 않았다. 진정 통장에 잔고 소수 셋째 자리까지 알고 싶어 하는 것 같진 않아서, 그 정도 면 충분한 답변이 되지 않을까 싶었다. 남성의 질문은 내 기 준에서는 첫 만남에서 곧바로 물어보기엔 너무 성급한 질문 이었다.

만약 통에 담긴 아이스크림을 같이 먹는다고 한다면, 나는 위에서부터 차근차근 먹고 싶었다. 하지만 남성은 일단 맨 밑에 뭐가 있는지를 궁금해 했고, 맨 밑에 뭐가 있는지가 확 실해져야 위에서부터 퍼 먹는 스타일이었다. 아이스크림을 먹는 순서와 습관이 달랐는데, 서로가 옳다고 판단하고 살았 으니 누가 맞고 틀리고는 없다.

다만 이번에도 내 기준에서는 맨 밑에서부터 아이스크림 을 들쑤셔서 먹는 사람을 처음 봤기 때문에, 남성에게 익숙 해지는 데 시간이 필요했다. 처음부터 밑을 헤집는 남성이 당황스러웠지만 남성이 원하는 답변을 했다고 생각했다. 하 지만 그건 내 착각이었고, 남성은 밑에 있는 것을 다 파헤쳐 서 꼼꼼하게 다 알아내야만 이 만남을 이어갈 수 있을 것 같 다는 의사 표시를 했다. 같은 질문을 계속해서 표현만 다르 게 해서 물어봤다.

과장해서 표현하자면 직접적으로 나의 통장 잔고를 알고 싶어 했다. 한마디로 본인의 질문에 확실하고 정확하게 답변 을 해주기를 바랐다. 그래서 또다시 답변을 해주었다. 처음

보다 정확하게 말해줬다.

　주문한 메뉴가 나왔고 식사를 이어갔다. 가벼운 이야기를 나누고 있었는데 남성이 갑자기 이야기 흐름과 다르게 자기 집안 이야기를 시작했다. 본인 아버지는 삼성 임원이며 강남 토박이로, 누나는 디자인을 전공했으며 학창시절에 과제로 만든 작품이 집 안에 여전히 있다며 집안의 우월성을 드러냈다. 말을 끝마치고는 '그래서 너는?' '너는 어떤데?'라는 뉘앙스를 다시 보이기 시작했다.

　그래, YOU WIN! 소수점 밑 첫째 자리까지 알려줄게. 그가 원하는 질문에 원하는 답을 마지못해 해줬다. '이제 됐냐?'라는 식으로 답변을 하기 시작했고, 그는 만족스러운 답을 얻어내서 속이 시원한 모습을 보였다.

　남성과 만나기 전, 전화 통화를 할 때에는 친구를 불러 더블 소개팅을 거리낌 없이 제안할 만큼 이 만남을 가볍게 생각하는 줄 알았는데, 부모님의 직업, 대학, 경제적인 부분을 너무나 중요하게 여기는 걸 보니 진지하게 생각하는 건가 헷갈리기 시작했다.

　처음부터 남성이 진지하게 이 만남을 대하고 있다고 느꼈다면 그의 질문이 조금이나마 덜 불편했을지도 모른다. 사람마다 이성을 보는 기준과 우선순위는 다르기 때문에 어느 정도는 인정해줬을지도 모른다.

　하지만 그저 호기심 많은 아이처럼 순수하고 아무것도 모르는 존재처럼 행동하면서 그 속내는 다르다는 게 보였다. 마치 자신과 같은 수준이 맞는지 확인을 한 후에 시작을 하겠다는 자세였다.

그 점이 굉장히 거슬렸다. '우리 아빠는 이런 사람인데, 너희 아빠는 뭐 하는 사람이야?' 자세였다. 나는 좋은 대학을 나왔고, 좋은 회사를 다니고 있어. 또 좋은 연봉을 받고 있어. 결혼할 준비는 다 되어 있어. 자, 내 얘기는 끝났고, 이제 네 차례야. 말해봐! 남성이 직접적으로 그렇게 물어보진 않았다. 그러나 결국 그게 궁금했던 것이었다.

아이가 부모에게 물들어서 "우리 집은 40평이야. 너희 집은 몇 평이야?" "우리 아빠 벤츠 타는데 너희 아빠 차는 뭐야?"라고 물어보는 것 같았다. 진정 부모에게 물이 든 건지, 스스로를 물들게 한 건지, 원래 그런지는 모르겠지만 남성의 질문은 나를 언짢게 했다.

중요하게 생각하는 우선순위가 맞는 여성이라면 서로 편했을지도 모른다. 너무나 궁금한데 조금은 속물처럼 보여 말하기 꺼렸던 부분을 남자 쪽에서 먼저 말해줬으니까. 손대지 않고 시원하게 코를 푼 것 같은 느낌일 것이다.

그 사람의 배경과 그 사람의 학벌, 그 사람의 부모님, 이 모든 것은 너무나 중요한 부분이다. 어쩌면 그게 그 사람일 수도 있다. 하지만 나의 경우는 이 부분이 두 번째로 중요했다. 사람 자체가 가지고 있는 품성이나 인격이 가장 중요했다.

계속 반복되는 이야기이지만, 나는 나와 잘 맞는 인성을 갖춘 사람인지가 가장 우선순위에 있었다. 나와는 다른 우선순위를 가진 남성을 이해하려 했지만, 만남과 동시에 너무나 직접적이고 조금은 무례하다 싶을 만큼 집요한 남성의 질문에 눈살이 찌푸려졌다. 하지만 그건 상대를 보는 우선순위의 문제라고 생각했다.

　　사람 자체를 봤을 때, 남성이 가진 장점들이 있었다. 소년미도 오래 잘 유지했고, 문화생활 하는 것을 좋아하며, 인생을 즐기려는 사람에 속했다. 어떤 점에서도 찌들어 지친 모습은 찾기 어려웠다.

　　그 모습이 신선했다. 사람을 향한 호기심이 대단했다. 남성의 나이 정도 되면, 어느 정도 사람을 겪어보게 된다. 한두 번쯤 인간관계로 인해 크게 데이기도 하고, 본인과 잘 맞는 사람과 아닌 사람으로 부류가 나뉘면서 호기심이 줄어들기 마련이다.

　　시간이 지나면서 겪어본 사람들이 분류되어 점차 쌓이게 된다. 가령 사람 좋은 부류, 책임감이 강한 부류, 멀리해야 하는 부류 등으로 각각의 카테고리로 사람이 나뉘게 된다. 카테고리에 사람들이 늘어날수록 사람을 대하는 방법을 터득하며 조금씩 능숙한 인간관계를 형성하게 된다. 스킬이 생기는 것이다.

　　처음 본 사람이라 할지라도 그간 쌓아온 카테고리의 사람들을 토대로 미리 예측하게 된다. 그러다 보면 어느 정도는 사람을 겪어봤기 때문에 사람에 대한 호기심이 조금씩 줄어들기 시작한다. 다양한 경험을 통해 사람에 대한 평정심을 갖게 되고, 연륜이라는 강력한 무기를 획득하게 되면서 인간에 대한 호기심보다는 나와 같은 결을 가진 사람인지를 구분하는 잣대가 보다 섬세해지기 마련이다.

하지만 남성은 사람에 대한 호기심이 여전히 왕성한 것 같았다. 회사에서도 동호회를 돌아가면서 가입해서 즐기고, 새로운 사람 만나는 것이 즐겁다고 어필했다. 조금도 궁금하지 않았는데 소개팅을 많이 봤다는 이야기를 처음부터 친절하게 해주기도 했다.

그래서 그런지 소개팅을 대하는 자세가 굉장히 익숙했다. 이때까진 남성의 이런 점들이 좋게 느껴지긴 했다. 맞지 않는 점이 있어도 어디까지나 취향의 차이일 뿐이라고 생각했다. 남성이 너무나 자연스럽게 리드를 했고, 그 리드에 맞춰서 만남은 이어졌다.

식사를 마치고, 카페로 자리를 옮겼다. 카페에 앉아서 대화를 다시 이어가던 중, 남성은 깔끔하게 해결되지 않은 궁금증을 다시 이어가기 시작했다. 남성의 궁금증은 이번에도 내 기준에서는 "너희 아빠 차는 뭐야?"와 비슷한 질문으로, 이번에는 내 스펙에 조금 더 초점이 맞춰졌다. 질문에 답변

하면서, 이제라도 스펙을 더 키워보고 싶은 욕구가 생길 만큼 굉장히 구체적이고 자세한 질문을 했다.

난 학벌 콤플렉스가 있는 사람이다. 남성의 질문에 당당하게 답을 하지 못하는 내가 초라하게 느껴졌다. 난 여전히 스펙 부분에서는 완전하게 자유롭지 못했다. 제대로 극복하지 못한 채로 사회생활을 하고 있었다. 그래도 나름 밥값을 하고 살아가고 있기 때문에 잊고 살려고 했다. 극복할 수 있는 여건도 되지 않으니 주어진 일을 해내며 살아가기로 했었다.

그럼에도 불구하고 똘똘 감춰둔 나의 취약점을 들춰야 할 때면, 너무나 오랜 시간 꽁꽁 싸매고 있어서 공기가 통하지 않아 악취를 풍기고 있었다. 통풍이 되지 않는 주택에서 오랜 시간 방치해서 생긴 곰팡이처럼 어떻게든 없애버리고 싶은 부분이다.

그런데 남성은 그 곰팡이를 직접 보고자 했다. 곰팡이가 어느 정도 피었는지, 색은 어떤지, 얼마나 오랫동안 방치되어 있는지 등을 상세하게 알고 싶어 했다. 내 대학시절은 어땠으며, 전공, 전선, 전필, 교양, 담당교수 등 세밀하고 자세한 이야기를 궁금해 했다. 남성의 호기심을 충족시켜 주기 위해 다시 기억하고 싶지 않은 과거를 소환해서 답변을 해야 했다.

남성이 졸업한 대학과 대학시절은 만족스럽고 최고의 자랑거리에 속하는 부분인 것 같았다. 남성의 대학시절은 "라떼는 말이야"를 시전할 수 있는 유일한 부분으로, 일단 나의 대학시절을 물어보고 남성의 대학시절을 자연스럽게 자랑하기 위한 유도질문이었다.

사람은 상대적인 동물이다. 내가 너무나 가지고 싶고, 해보고 싶었던 것을 누군가가 가지고 있거나 해냈다면 부럽다. 남성이 나온 대학과 대학생활은 내가 꿈꾸던 대학생의 모습을 하고 있었다. 그런데 전혀 부럽지도 않았고, 왜인지 모르겠지만 반감마저 들었다. 오히려 콧대를 은근하게 꾸욱 눌러주고 싶다는 얄팍한 생각마저 들기 시작했다. 남성이 해보지 못한, 경험하지 못한 부분을 최대한 티 나지 않게 돌려 돌려서 얘기도 했다.

내 기준에서 돌려서 얘기했다고 하지만, 듣는 사람의 입장에서는 "우리 아빠 차 벤츠야. 너희 아빠는?"이라고 이번에는 내가 물어보는 입장이 되었던 것 같다. 내가 생각해도 내가 너무나 유치했고, 경박하게 느껴졌다.

카페에서도 이야기는 이어졌고, 남성의 질문이 계속되었다. 나름 성실하게 답변을 하면서 점점 불쾌지수가 높아지기 시작했다. 더 이상 남성에게 호기심이나 궁금증이 생기지 않았다. 어쩌면 나의 열등감 때문일지도 모른다. 그 열등감을 아는 건지 모르는 건지 계속해서 짓밟는 남성이 잔인하게 느껴지기까지 했다.

그때 당시에 영화 〈극한 직업〉이 개봉과 동시에 인기를 얻고 있었고, 친구와 같이 볼 생각이었다. 남성은 같이 영화 보자는 이야기를 식당에서부터 자리를 옮긴 카페에서까지 계속해 이야기해댔었고, 빠져나갈 핑계가 생각나지 않았다. 거절이 어려웠다.

남성과 영화를 보기로 하고, 카페를 나왔다. 영화관을 향해 걸어가는데, 남성이 본인의 가방이 없어졌다는 것이다. 식당에 가방을 놓고 왔다고 했다. 조금도 당황하지 않은 모습으로, 마치 본인의 가방을 식당에 맡겨놓고 온 것처럼 태연했다. K-양심을 너무나 믿고 있는 것 같았다. 순간 그가 긴장을 안 한 것처럼 보이지만, 속으로는 긴장을 많이 하고 있는 건가 의문이 들었다.

내가 조금 웃음을 머금은 채 어떻게 가방을 놓고 온 걸 깜빡할 수 있냐고 질문하자, 남성은 애써 당황함을 감추며 그 얘긴 이제 하지 말자며 단호하게 말했다. 남성의 커다란 실수를 내가 대놓고 비아냥거리기라도 한 듯 크게 당황한 것 같았다. 첫 만남에서 완벽한 모습을 보이고 싶어 하는 것은 당연할지도 모른다. 첫인상이 끝인상이 될 수도 있는데, 실수하는 것을 보이고 싶지 않을 것이다.

극장 앞에서 가방을 찾아온 그를 기다렸다가 같이 상영관으로 들어갔다. 영화의 상영시간은 평일 저녁 늦은 시간이라 극장 안에는 서너 커플 정도 있었다. 남성과 앉은 뒷좌석

근처에는 아무도 없었다. 영화가 시작되자, 남성은 카페에서 나에게 말을 하던 목소리 크기 그대로 말을 하기 시작했다.

순간 너무나 당황해서 주변을 두리번거렸다. 사람이 없어서 다행이다 싶긴 했는데, 극장에서 이런 톤으로 말을 하는 사람을 처음 봤다. "저 멘트 예고편에서 많이 봤는데, 실제로 보니까 더 웃기네요." 남성은 말을 할 때 내가 앉은 자리 쪽으로 몸을 기울이며 말을 하는 것도 아니고, 정면을 향해서 본인의 이야기를 극장 사람들과 공유하고 싶은 것처럼 이야기했다. 마치 누군가와 전화 통화하듯, 식당에서 누군가와 대화를 나누듯 그냥 이야기를 내뱉었다.

이런 상황에 대처하는 법을 몰라서, 간절하게 남성이 입을 다물어주길 빌었다. 그리고 영화가 빨리 끝나길 바랐다. 남성은 문화생활 하는 것을 좋아하고, 즐기는 편에 속한다고 했다. 이게 남성이 문화를 즐기는 방식인 건가 싶었다. 새롭긴 했지만, 도저히 이해되진 않았다. 그리고 이건 새롭다기보단, 분명한 민폐가 아니던가.

〈극한직업〉 러닝타임은 1시간 51분이다. 영화가 상영되는 동안 언제 터질지 모르는 시한폭탄을 옆에 둔 것만 같았다. 내 신경은 언제 말을 뱉을지 모르는 그의 입에 집중되어 있었다. 극도로 긴장되어 영화에 집중하기 어려웠다.

극장은 조용하게 영화를 관람하는 곳이다. 영화가 상영되는 동안 궁금한 것이 있고, 할 말이 있어도 하지 못하는 제한

이 있는 곳이다. 하지만 궁금한 게 있음 참지 않고 말을 해야하는 행동이 남성의 성격을 보여주는 것 같았다.

남성의 한 가지 행동을 보고 확대해석해서 판단했을지도 모른다. 그런데 남성의 이 행동은 굉장히 오랫동안 지속된 것 같았고, 잘못됨을 전혀 인지하지 못하는 듯했다. 처음부터 대답하기 곤란한 질문일지도 모른다는 인지도 없고, 내가 궁금하다는데 그게 뭐 어때 하는 듯한 태도로 끝까지 원하는 대답을 얻어냈다. 그게 상대에겐 견디기 힘들지라도 상관없었다. 왕성한 호기심을 주체하지 못하고 어떻게든 본인의 호기심을 해결하려고 하려고 했다.

남성은 평정심을 가지고 사람을 대하는 게 어려워 보였다. 궁금한 게 생길 때마다 검색창에 물어보고 알아내듯, 손쉽게 바로 알아내려고 하는 일방적인 호기심이 기분 나빴다. 누군가에게 민감한 질문을 한다는 것은 상대와의 좋은 관계를 쌓아가고 신뢰를 얻은 다음에야 할 수 있다는 걸 모르는 것 같았다.

첫 만남이라 서툴렀을지도 모른다. 빨리 알고 싶었는지도 모른다. 하지만 남성의 우선순위와 속도는 나와 너무도 달랐다. 그리고 기분 나빴다. 호미로 숨 쉴 틈 없이 후벼 파며 농작물을 키우는 사람보다, 적정한 온도와 환경을 마련해주고 알아서 열매 맺도록 해주는 사람을 만나고 싶다.

이번 만남도 소개팅이라고 하고 싶다. 남사친 주선으로 만나게 되었다. 남사친과 서로 갑자기 연락할 거리가 생겨서 연락했는데, 남사친이 남친여부를 묻고는 신속하게 만남까지 주선해줬다.

남성에 대한 정보는 거의 없었지만, 남사친이 의지하는 형으로 사람 좋다는 말에 만나도 괜찮겠다 싶었다. 남자와 여성이 보는 눈은 염연히 다른 법이긴 하나, 그래도 남사친과 서로 알고 지낸 세월이 있었기에 강력한 믿음이 있었다.

혼삼(흔한 삼겹살)

부제 - Q : 여기 어때? / A : 너 같아!

처음에 남사친이 알려준 정보는 호주에서 워킹홀리데이 시절에 만났고, 영어를 잘한다는 정도였다. 남사친이 남성에게 연락처를 전달해줬으니, 조만간 연락이 갈 거라고 했다. 얼마 뒤 남성에게 연락이 왔다. 남성과 약속 장소를 고르던 중 남성에게 좋아하는 음식이 뭐냐는 질문을 했다. 연락을 하던 당시에 많이 바빴던 걸로 기억한다.

약속 장소를 정해야 하는데 겪어본 사람은 아마 다 알고 있는 무서운 말이 있다.

뭘 좋아하냐는 질문에 "다 좋아한다. 혹은 아무거나"라고 대답하는 것이다. 남성에게 뭘 좋아하냐고 물어봤더니 다 좋아한다, 아무거나 잘 먹는다고 대답했다. 서로의 시간을 단축시키기 위해 의견을 폭을 좁혀가던 도중 남성의 최애 삼겹살 맛집이 있다며, 거긴 어떠냐고 제안을 했다. 당시에는 고민해볼 시간도, 다른데 찾아볼 여유도 없었다. 바로 OK라는 메시지를 보냈고 이어 남성이 메시지를 보내왔다.

남 : Do you want to speak English?
나 : ? 아니요.
남 : OK 하시길래 영어로 말하기 원하는 줄 알았어요.
나 : 그럴 리가요.

영어학원 스터디 파트너도 아닌데 갑자기 영어로 대화를 한다는 건 황당한 제안이었다. 남사친이 영어를 좀 한다고 했는데, 굉장한 자신감을 가지고 있는 것 같았다.

예전에 만났던 퐈이터 선남과 삼겹살집에서의 기억이 떠오르기도 전에 손가락은 빛의 속도로 '좋아요'를 눌렀고, 또 다시 삼겹살집에서 만나기로 했다. 안 좋았던 기억이 스멀스멀 올라오긴 했지만, 장소를 바꾸자고 제안할 틈도 없었다. 당시에 회사를 옮긴 지 얼마 안 되었고, 새로운 회사 업무에 적응하느라 많이 바빴다.

남성과 만나기 전까지 중간에 연락을 하긴 했지만, 만나기 전날까지도 조금의 긴장도 설렘도 없이 D-Day가 되었다. 남성과는 평일 퇴근 후에 만나기로 했다.

평소 꾸미는 것에 소질이 없는 편이고, 꾸밀 시간에 잠을 더 자는 게 남는 거라는 주의이다. 꾸미는 것에 있어서 구제 불능 똥손에 속한다. 그리고 애석하게도 개선의 기미가 좀처럼 보이지 않는다. 하지만 최선을 다해서 꾸며야 하는 자리이기에 때문에 평소보다 한 시간 삼십 분 일찍 일어나서 소개팅을 위한 준비를 하기 시작했다. 영혼을 갈아 넣어서 분칠과 색조를 했지만, 역시나 실패했다. 최대한 자연스럽게 하고 싶었지만 누가 봐도 〈응팔〉 덕선이 화장이었다. 다시 힘을 좀 빼고 한 듯 안 한 듯 메이크업을 흉내 냈다. 나에겐 그게 최선이었고, 나름 만족했다.

소개팅 당일도 엄청나게 바빴고, 약속 시간을 지키기 위해 급한 불만 끄고 퇴근을 했다. 남성을 만나기 위해 지금은 잠실새내로 바뀐 신천을 향해 가던 중 현타가 오기 시작했다. 남성의 집은 의정부였고, 회사는 부천이라고 했다. 난 회사가 논현이었고, 집도 신천과는 전혀 연고지가 없는 동네에 살고 있었다. 그런데 왜 약속 장소가 신천일까?

지하철 노선도를 찾아봤다. 남성이 지하철을 이용해 약속 장소에 온다고 한다면, 부천에서 잠실새내까지는 전철로만 한 시간이 넘는 시간이 소요되었다. 나 역시 회사에서 약속 장소까지 40분가량 시간이 소요되었다. 이렇게 서로의 시간과 에너지를 소비할 만큼 얼마나 맛있는 삼겹살 맛집일까?

도대체 어떤 고기이길래 약속 장소로 여기를 골랐을까? 풀리지 않은 의문을 가득 품은 채 약속 장소에 도착하게 되었다.

남성과 연락을 하면서 전철역 앞에 도착했다. 한 남성이 서 있었다. 분명 오늘 만나기로 한 남성이다. 남성과 카톡으로 연락을 주고받을 때, 다리를 꼬고 고개를 숙인 채 찍은 남성의 프사를 봤다. 어렴풋이 얼굴이 보였기에 남성임을 알 수 있었다.

남성과 점점 가까워지고 있었다. 남성은 본인의 옷이 맞는 건가 싶을 만큼 너무나 작고 얇디얇은 점퍼를 입고 있었다. 점퍼의 지퍼는 중간까지 내려가 있었는데, 지퍼 사이로 보이는 스웨터에 시선이 고정되었다. 목 부분이 늘어질 대로 늘어지고 보풀이 한껏 일어난 스웨터였다. 스웨터 안에 입은 셔츠는 너무 구겨져서 처참했고, 원래 찢어진 스타일로 나온 게 아니라 오래 입어서 구멍이 난 청바지를 입고 있었다. 평소에는 욱씬 구겨서 신는데 그날은 똑바로 신은 듯한 운동화를 신고 있었다. 일기예보에서 한파주의보라고 할 만큼 추운 날씨였는데, 점퍼는 너무나 얇았고 앙상한 그의 모습이 더욱 부각되었다.

순간 화가 솟구쳤다. 당시에 너무 바빠서 수면시간도 부족했다. 그런데도 소개팅 당일에는 한 시간 반 일찍 일어나서 똥손을 원망하며 정성껏 꾸몄다. 또 회사에 할일을 한껏 쌓아놓고 퇴근했는데, 남성의 무성의한 의상 선택이 거슬렸다. 표정관리를 어느 정도 해야 나의 빡침이 남성에게 느껴지지 않을까 싶을 만큼 표정을 관리를 해야 했다. 약속 당일 어쩔 수 없는 일이 남성에게 있었을지도 모르지만, 이해해주고 싶진 않았다.

어색하게 인사를 나누고 약속 장소로 이동했다. 삼겹살집을 향해 걸어가는데 남성은 심지어 오전 반차여서, 일찍 와서 근처를 돌아다니고 있었다고 했다. 남성이 조금도 이해되지 않았다. 오전 반차였는데, 약속 장소를 왜 신천으로 했는지 의상에는 어떤 사연이 있는 건지 깊은 한숨이 나왔다.

반차였다는 이야기를 듣는 순간, 겨우 열을 식혔던 불씨가 다시 타올랐다. 감정을 최대한 추스르며 약속 장소까지 겨우 도착했다. 남성이 여태껏 먹어본 삼겹살 집 중에서 강추한다는 식당이라는 그 말만 믿고 이곳까지 왔다. 잔뜩 기대를 했다. 어떤 곳이기에 이곳을 선택했는지, 무조건 빈틈없이 완벽하게 맛있어야 했다.

약속 장소에 도착하자 허탈함에 코웃음이 터지려 했다. 도착한 곳은 식당이라는 말조차 사치였다. 그냥 정육점이었다. 그것도 지저분하고 오래된 정육점의 모습이었다. 청소는 언제 한 건지 알 수 없을 만큼 위생관리에 문제가 있는 곳이었다. 식당 안에 들어서자 오랫동안 묵혀진 기름 때문에 바닥은 스케이트장 같았다. 구두굽이 미끄러지면서 제대로 걸을 수가 없었다.

몇 번 넘어질 위기를 겨우 넘기고 가까스로 자리에 앉을 수 있었다. 이 순간부터는 거의 자포자기하는 심정이었으나 가까스로 희망을 가지고 있었다. 미친 듯이 맛있으니까 여기까지 불렀겠지. 그렇지 않고서는 이 상황이 이해되지 않았다. 주문을 하고, 남성은 대화를 이어가려는 야망을 보였다. 그래, 대화는 해야 되는 거니까. 나를 세뇌시켰다. 나에게 주문을 걸었다.

"난 내 감정을 잘 다스리는 어른이다. 난 감정을 잘 컨트롤하는 감정의 왕이다. 회사생활하면서 은근하게 살아가는 월급쟁이 회사원이야. 충분히 포커페이스가 가능해. 본능에 충실했다면 난 이 자리에 없어. 난 나를 잘 통제하는 사람이야. 난 할 수 있어"라고 계속 세뇌시켰다. 머릿속의 외침이 밖으로 새어나가지 않는 구조로 인간을 만든 창조주의 놀라운 혜안에 실로 감탄사가 절로 나왔다.

다행히 삼겹살은 한 번 초벌해서 나왔고, 맛이 중요했기 때문에 익어가는 삼겹살에 온 정신이 팔려 있었다. 맛이 없다면 이 모든 게 말이 안 되는 상황이었다. 삼겹살이 익었고, 맛은……?

만약 죄 많은 누군가가 내 옆에 있었다면, 가차 없이 손 올라가는 맛이었다. 질겼고, 텁텁했고, 기름졌다. 대놓고 맛이 없었다. 왜 여기까지 오라고 한 건지, 거친 욕이 나올 것만 같았다. 남성은 맛있냐며 질문을 하고 있었지만, 맛있다고 말하라는 강요에 가까운 눈빛으로 쳐다봤다.

나는 대답은 하지 않았고, 고개만 끄덕였다. 포커페이스에 실패했을지도 모른다. 남성의 반응도 시큰둥했다. 남성과 했던 대화 중 기억에 남는 게 거의 없다. 주문한 삼겹살을 겨우 해치우고 빨리 그곳을 벗어나고 싶었다. 우걱우걱 겨우 씹으며 지우개 같은 삼겹살을 위에 하나씩 쌓았다.

드디어 삼겹살을 해치우게 되었다. 당시 끈으로 묶어서 입는 코트를 입고 있었다. 봉지에 넣어뒀던 코트를 꺼내 코트를 꺼내며, 남성에게 말했다. "제가 계산할게요." 그러자 남성이 한다고 했다.

나 : 아니에요. 제가 할게요. 여기 식당 알아보시는 데 고생하셨는데 제가 할게요.

남 : 아니에요.

나 : 아니에요. 제가 할 거예요.

옷을 제대로 걸치지도 못 입고 카운터로 갔다. 남성이 계산을 하고 있었다. 식당 나가면서 옷을 제대로 입지도 못하고 식당을 나서는데, 남성이 내 눈을 똑바로 보면서 또박또박 그리고 느릿느릿하게 말했다.

남 : 고. 기. 값. 은!! 제가 계산했어요!!!!!

나 : 아, 네……, 잘 먹었네요.

　남성한테 고맙다, 잘 먹었다는 말을 하기 싫어서 내가 계산을 하려고 했다. 입고 나간 코트를 포기하고 계산을 했었어야 했다. 코트는 다시 사면 되는데 싶었다. 그 말을 너무 하기 싫었다. 초등학교 때 수업시간에 짝꿍이 시비를 걸어와서 싸웠는데, 선생님의 강압에 의해 좌절감을 꾹꾹 눌러가면서 어쩔 수 없이 화해하는 말투로 했다.

　본인이 계산했다며 나에게 말하던 눈빛이 여전히 생생하게 기억난다. 그건 마치, "야! 너 계산 안 하려고 일부러 손 많이 가는 옷 입고 나왔지? 그런 거지? 내가 네 꼼수 모를 것 같냐? 내가 계산했고, 이거 먹고 떨어져!"라는 눈빛이었다. 말은 "제가 계산했어요"였지만 분명 그렇게 느껴졌다. 그래서 자존심이 너무 상하고 억울했다.

　매번 선이든 소개팅이든 나갈 때면, 약속 당일에 우박이라도 내리면 좋겠다 싶으면서도 최선을 다해 단장을 했다. 의상도 머리도 화장도 영끌해서 꾸미고, 약속 장소를 선정할 때도 기꺼이 내가 계산할 수 있는 여건이 되는 곳에서 만났다. 밥값을 내가 낸 적도 적진 않다. 만약 선남이 밥값을 내면 나는 커피와 디저트를 계산했다. 최대한 선남이 계산한 밥값과 비슷하게 맞춰서 내려고 했다.

남성이 직접적으로 그러한 의도를 가지고 그런 눈빛을 했는지에 대해선 직접 물어보지 않고는 알 수 없다. 나의 자격지심일지 모르겠지만 그 눈빛이 그렇게 말하고 있었다. 남성이 나에게 계산했다는 말을 하던 그 상황은 마치 필름의 한 장면이 뇌리에 깊이 박힌 것처럼 선명하다.

2차로 카페로 자리를 옮기게 되었고, 내가 계산하겠다고 했다. 카페에 도착해서 주문을 하기 위해 카운터에 서 있었다. 남성에게 케이크를 고르라고 하자, 남성은 먹어보고 싶은 게 둘이 있는데 못 고르겠다고 했다. 그럼 둘 다 고르라고 하자, 기다렸다는 듯 케이크를 2개 주문하고 남성은 자리로 돌아갔다. 순간 뭐 저런 게 있나 싶었다. 이건 진심이다.

커피를 마시면서 나눴던 대화 내용이 기억이 나지 않는다. 전혀……. 커피 잔에 있던 커피가 바닥을 드러냈고, 드디어 집으로 갈 수 있는 시간이 되었다. 집으로 가는데, 정말 추웠다. 멋 부리려고 입은 코트와 또 그에 어울릴 만한 높은 구두를 신었다. 한파로 인해 발가락은 고드름처럼 딱딱하게 굳어질 것만 같았다. 발가락을 죄여오는 구두는 굳어버린 발가락을 더욱 아프게 만들었다. 걸을 때마다 욱신거렸다.

지하철역에 내려서 삼겹살집까지 갈 때는 몰랐는데, 카페에서 전철역까지는 거리가 꽤 되었다. 한참을 걸어도 전철역이 나오질 않았다. 씩씩하고 힘차게 남성과 보폭을 맞춰서 걸어가다가 중간에 쉴 수밖에 없었다. 남성은 한참 걸어야 된다며 조금 더 힘을 내라고 했다. 순간 욱! 올라왔다. "야! 네가 이거 신고 걸어봐! 힘내라고? 너 진짜 혼나고 싶냐?" 하고 싶었다. 이것 역시 진심이다.

마침내 전철역이 나왔고, 남성은 내가 갈아타는 전철역까지 데려다 주겠다고 했다. 나는 괜찮다고, 어차피 돌아가야 하는데, 괜한 짓 하지 말라고 했다. 사실 괜한 짓이라고까진 말하진 않았지만, 그 비슷한 단어로 대체해서 내일 출근해야 하는데 시간낭비하지 말라고 하긴 했다.

남성은 완고했다. 데려다 줘야겠다는 것이다. 말릴 수가 없었다. 지하철에서 나란히 앉아 있는 남성을 내리게 할 순 없었다. 남성과 같이 가야 했다. 한참을 가고 있는데 남성이 정확하게 이렇게 말했다. 이건 과장이 없다.

남 : 저 이제 긴장이 풀리는 것 같아요. (당시 전철역이 강변) 여기서 내려서 다시 얘기 좀 하다가 갈까요?

나 : 네? 내일 출근해야죠.

남 : 그렇죠? 말도 안 되는 얘기죠?

나 : 네. 내일 할 일도 많아서, 쉬어야 돼요. 너무 피곤해요.

남 : 그러게요. 저 아까 긴장을 많이 했어요. 근데 정말 이제 좀 긴장이 풀리는 것 같아서 그랬어요.

나 : 네, 그럴 수도 있죠.

낭 : 조카 있어요?

나 : 네.

낭 : 전 조카를 진짜 사랑하거든요.

나 : 아기들은 귀여운 것 같아요. 사랑스럽죠.

낭 : 우리 조카는 진짜 잘생겼거든요. 사진 보실래요?(대답도 듣지 않고,
   사진첩을 찾기 시작)

   (사진 보여주며) 잘생겼죠?

나 : 그러게요. 잘생겼네요.

낭 : 그쳐? 제가 정말 조카를 잘 보고 사랑해요. 제 애기가 생기면 정
   말 잘 볼 것 같아요. 애기 좋아하세요?

나 : 좋아하죠. 존재 자체가 귀엽잖아요.

낭 : 맞아요. 너무 귀여운 것 같아요.

이후 조카와 누나에 관련된 이야기가 계속되었다. 뭔가 서
윗한 남성이라는 점을 어필을 하려는 듯했다. 뭘 하든 이미
나의 모든 정신은 집에 가 있었다. 마지막 남은 영혼까지 끌
어올려, 정신을 다시 바로 잡아야 했다. 시큰둥함을 최대한
감추려고 발악을 했다. 포커페이스를 끝까지 유지하기엔 육
체도 정신도 모든 게 지쳐버렸다. 철야근무를 마치고 마지막
남은 에너지로 겨우 집으로 가는 것처럼 정신력으로 버티고
버텼다.

다행히 전철은 쉬지 않고 열심히 달려줬고, 드디어 서로

헤어질 수 있게 된 순간이 되었다. 각자의 방향으로 헤어지려던 순간 남성은 갑자기 나를 안으려고 했다. 난 날렵하고도 재빠르게 그의 손아귀를 벗어났고, 나름 의연하고도 초연한 얼굴로 재빠르게 돌아섰다.

전철역을 나와서, 집으로 향해 가던 길에 남사친에게 전화를 걸었다. 내가 너한테 얼마나 큰 실수를 했길래 이러냐고 단도직입적으로 물어봤다. 남사친은 그 정도였냐고, 본인이 미리 준비 잘하라고 여러 번 말했는데 잘 안 된 것 같다고 했다. 남성과의 만남 이후로 그 친구도 좋게 보이진 않았다. 그 뒤로 그 친구와는 거리감이 생겼다.

소개팅 후 일주일 뒤, 남성에게서 연락이 왔다. 마치 친한 사이처럼.

남 : 아웅~~ 아침이에요. 잘 잤어요?

뭘까? 이 사람?

나 : 그러게요. 아침이네요. 연락 안 하셨음 좋겠어요. 좋은 분 만나세요.

이 글을 쓰기 위해 남성을 처음 만났던 때의 기억을 끄집어 올리자, 또다시 욱! 하고 강하고도 묵직한 화가 올라왔다.

겨우 잊어버리고 잘 지내고 있었는데 그날의 그 감정이 다시 재생되는 것만 같았다.

남성은 성실한 청년 같은 모습을 하고 있었지만 그 모습 뒤로는 사람을 욱! 하게 만들고 뒤를 이어 조금씩 불쾌하게 만드는 힘을 가진 사람이었다. 그러나 정작 본인은 세상 태연하고, 건실한 모습을 하고 있다. 남성에게 감춰진 모습을 빠르게 찾아서 다행이다 싶었다. 헷갈릴 것조차 없었다. 어쩌면 다른 사람들은 남성의 감춰진 모습을 찾는 데 시간이 걸렸는지도 모르겠다.

만남 이후 한참 시간이 흐른 뒤 남성 카톡 프사에 여자친구로 보이는 여성과 알콩달콩 데이트하는 사진들이 업데이트되었다. 하지만 그 시기는 생각보다 짧았다. 다시 혼자 된 모습으로 나와 연락하던 시절의 그 사진을 여전히 사용하고 있다.

삼겹살은 흔하다. 맛도 크게 특별한 차이는 없다. 삼겹살은 한두 번 먹어본 음식이 아니기에 맛을 기억하고 있다. 삼겹살! 하면 떠오르는 맛이 있다. 고소하고 깊게 퍼지는 풍미와 탱글한 육즙의 담백한 그 맛은 이미 머릿속에 저장되어 있다. 맛있는 삼겹살 맛에 길들여진 입맛은 맛없는 삼겹살을 바로 알아채는 법이다.

난 삼겹살을 먹을 때, 쾌적한 환경에서 맛있는 삼겹살을 먹고 싶다. 둘 중 하나도 놓치고 싶지 않다. 흔하게 먹을 수 있는 삼겹살이라 할지라도 내가 원하는 맛과 분위기가 있다. 두 가지가 모두 충족되는 곳에서 그리고 내가 같이 먹고 싶은 사람과 먹을 거다.

이번에는 선이다. 엄마 친구의 주선으로 보게 되었다. 이번 선남은 부자라는 특이사항이 있었고 주선자를 통해 여러 번 언급되었다.

엄마 친구 분이 선남의 조건이 굉장히 좋으니 잘되었으면 좋겠다며 연락할 때마다 말씀하셨다고 한다. 상당한 재력가 집안임을 여러 번 언급했다. 그런 좋은 조건의 집안에서 왜 나를 보려고 하는지 예감이 좋진 않았다. 그동안 만나본 선남들이 왜 싱글인지 이해가 가는 이유는 5분 정도면 바로 알 수 있었다. 하지만 이번에는 2분 컷이지 않을까 하는 예감이 스쳤다.

지만 편한 세상

엄마로부터 대략의 정보를 전달 받은 지 얼마 되지 않았을 무렵, 선남에게서 카톡으로 연락이 왔다. 카톡 프사에 저장된 선남의 얼굴을 볼 수 있었다. 선남의 나이보단 훨씬 나이가 들어 보였고, 둥글둥글한 곰돌이 같은 인상을 하고 있었다. 선남과 연락을 하던 당시, 코로나가 천 명대를 넘으면서 만남을 자제하라는 정부의 지침대로 나중을 기약하며 만남을 미뤘다.

그로부터 3개월 정도의 시간이 흐르고 선남에게 다시 연락이 왔다. 선남과 날짜를 정하고, 약속 장소를 선정해야 했다.

선남의 회사는 경기도 부근으로 그곳에서 오랜 시간을 근무하게 되어서 이제 서울지리가 약해졌다고 했다. 그래서 장소선정은 내가 하겠다고 했다.

선남에게 어떤 음식을 좋아하냐고 물어보자, 선남은 한식과 일식을 좋아한다고 한다. 몇 군데 식당을 골라 선남에게 전달했다. 그중 선남이 고른 초밥집에서 보게 되었다.

AI(공감능력 제로) 선남과 두 번째 만났을 때 초밥집에 대한 안 좋은 추억이 하나 쌓이게 되면서 한동안 초밥은 나에게 기피메뉴가 되었다. 초밥이라는 맛있고 소중한 메뉴를 영영 못 먹게 될지 아니면 기사회생으로 다시 살아나게 될지 두고 봐야 했다.

D-Day, 약속 장소까지 도보로는 거리가 있어서 버스를 탔다. 강남은 365일 차가 막힌다. 결국 약속 시간보다 늦게 도착할 것 같았다.

선남에게 늦을 것 같다고 메시지를 보냈고 버스에서 내리자마자 허겁지겁 식당에 도착했다. 약속 시간보다 1분 늦었다. 식당을 두리번거리다가 시선이 한곳에 멈췄다. 선남의 뒷모습이 보였다. 카톡 프사에서는 곰돌이처럼 보였던 선남은 풍채가 굉장했다. 다시 한 번 나날이 발전하는 사진기술에 감탄하며, 선남에게 다가갔다. 선남에게 늦게 도착해서 미안하다는 말을 하며, 어색하게 인사를 나눴다.

그날 선남의 의상을 관대하게 넘어가기엔 한계가 있었다. 식당은 일식과 펍 중간 느낌의 인테리어로 조명은 어두웠고, 식당에서는 상체만 보였다. 상체만 보고도 극도로 당황스러웠다. 굳게 다물어진 입은 한동안 입술을 떼기가 어려웠다.

선남의 상체는 체크 남방 위에 조끼를 입고 있었다. 배가 가장 많이 나온 부분의 체크 남방의 단추는 도대체 어떻게 잠겼는지 궁금할 지경이었다. 힘겹게 잠긴 단추가 안쓰러워 보였다. 겨우 잠겨 자신의 소명을 다하고 있었다. 단추는 자신의 역할을 충실하게 해내기 위해 영끌이라도 한 것만 같았다.

선남이 입은 조끼는 등산객들이 입는 아웃도어 디자인이었다. 디자인만 등산복 스타일이겠지 싶었는데, 등산복이었다. 선남은 등산복을 선 자리에 입고 나왔다. 지금껏 그리고 앞으로도 등산복을 입고 선 자리에 나오는 사람을 보진 못할 것이다. 그리고 봐서도 안 된다.

당시 나도 내 또래 주변 친구들이나 지인들이 주말에 선 본 이야기를 듣곤 했다. 선 자리에서 있었던 어처구니없는 일들을 들으며 함께 욕도 해주기도 하면서 그들에게 위로를 해주었다. 남들의 이야기이기 때문에 마땅히 해야 할 반응을 했던 것 같다. 하지만 이번에는 지인들이 나에게 위로를 해줄 것 같았다. 온 세상이 감싸주듯 따뜻한 위로가 필요했다.

누군가는 의상이 어때서, 사람이 중요하지, 라고 말할지도 모른다. 그렇다, 사람이 중요하다. 하지만 난 의상이 어떻다고 생각하는 사람이다. 때와 장소에 맞는 의상을 입어야 된다는 입장이다. 의상도 상대를 배려하는 예의라고 생각한다. 선남의 의상은 전혀 예의가 없었다. 그래서 기분이 나빴고, 방금 만났는데 집에 가고 싶었다.

마스크를 벗고 이번에도 어김없이 어색한 인사를 한 뒤 메뉴를 고르기로 했다. 메뉴판은 한 개였고, 메뉴를 고르기 위해 서로의 거리가 가까워졌다. 선남은 메뉴를 보면서 어떤 질문을 했다. 메뉴판을 보면서 물어보는 질문들은 너무나 뻔한 것들일 텐데도, 선남이 뭐라고 하는지 알 수가 없었다. 선남의 의상 초이스에 놀라 이성의 끈 하나가 끊어졌을지도 모른다.

다시 마음을 가다듬고 선남에게 집중했다. 그럼에도 선남의 말이 또렷하게 들리진 않았다. 뭐가 잘못된 건지 다시 되짚어 보기 위해, 선남을 집중해서 응시했다. 선남의 모든 치아는 소면 국수 가닥이 치아 사이사이를 들어갈 수 있을 만큼 벌어져 있었다. 그리고 치아에 벌어진 간격 사이로 발음이 퍼지면서 말이 잘 전달되지 않았다. 또한 혀가 많이 짧은지 말이 끝까지 이어지질 않았다. 어떤 말을 하든 중간쯤에서 말이 멈춰졌고, 정확한 의사소통이 어려웠다. 회사생활을 오래 했다고 했는데, 선남의 발음을 알아듣고 같이 일을 할정도로 익숙해지려면 상당한 시간이 필요했을 것 같았다.

상당한 재력가의 집안이라고 덧붙여서 여러 번 언급해서

말할 수준이라면, 치아교정 비용이 부담스러워서 못하진 않았을 것이다. 그보단 선남이 의지가 강력하지 않았을 것 같다. 선남에게는 외모 관리라는 단어는 존재하지 않는 단어처럼 보였다.

선남은 굉장히 피곤해 보였다. 얼굴빛이 많이 어두운 편이었다. 전날 피곤한 일이 있어서 잠을 설쳤거나, 육체적으로 힘든 상태여서 보이는 피로함이 아니었다. 선남이 최상의 컨디션이라고 할지라도 현재의 모습으로 보일 것만 같았다.

혼술과 배달음식 콤비네이션의 결과가 몸에 그대로 드러났다. 말을 할 때 숨이 많이 차는 것 같았다. 숨을 쉴 때마다 힘들게 잠긴 단추들이 연신 들락날락거리는 모습이 보였다. 발음이 부정확한 데다 숨도 차다 보니 의사소통이 원활하지 않았다. 선남의 말을 이해하기 위해서는 눈치껏 때려 맞혀야 했다.

센스와 눈치 모드를 풀가동해서 최대한 이해하기 위해 귀기울였다. 상대를 이해하기 위해 센서를 작동시키는 일은 참으로 피곤한 감정노동이다. 선남과의 만남은 피로했고 상당히 무료했다.

선남과의 선 자리는 경쟁자가 없이 거의 확정된 최종 면접에서 너무 깊지 않은 적당한 개인적인 질문들에 대한 즉문즉답을 하는 것 같았다. 입사하게 되면 같이 일할 팀장급 정도 되는 사람과 조금은 소탈한 면접자리처럼 느껴졌다. 실수를 하면 안 된다는 긴장감은 조금 있지만, 거의 취업했다는 안정감으로 조금은 무료한 자리 같았다. 면접자도, 면접 주최자도 능숙하게 감정 없이 서로가 알고 싶어 하는 정보를 순차적으로 교환하는 듯했다.

선남과의 대화 중 서로의 관심이 좁혀졌던 부분이 여행이었다. 코로나 이후 여행을 못 가서 아쉽다는 선남의 말에 공감해줬다. 이때부터 선남은 선자리의 목적을 망각했다. 마치 〈쇼 미 더 머니〉에서 일대일 배틀하는 것처럼 "덤벼봐! 네가 뭘 말하든 다 눌러줄게!"라는 태도를 보였다.

배틀1. 여행

선남은 여행을 좋아한다고 했다. 나 역시 여행을 좋아하는데, 코로나로 아무데도 갈 수 없어 안타깝다고 하자, 마지막 여행지는 어디였는지 물어왔다. 부모님과 홍콩을 다녀왔다고 하자, 선남은 가족들과 하와이를 다녀왔다고 했다. 온 가족 모두 하와이에서 굉장히 뜻 깊은 시간을 보냈고, 그래도 가족과 함께 보냈던 추억이 있어서 조금이나마 다행스럽다고 생각한다고 했다.

하와이가 홍콩보다 물가도 비싸고 금전적으로 더 많은 돈이 든다. 하지만 난 단지 금전적인 부분 때문에 홍콩을 선택한 것이 아니었다. 홍콩을 여러 번 다녀와서 부모님을 직접 가이드해드릴 수 있을 것 같아서 선택한 여행지였는데, 마치

"홍콩? 저렴한 데 다녀왔네?"라는 뉘앙스로 깎아내리는 듯한 말투였다.

배틀2. 영어

선을 보기 전, 주선자가 서로에게 정보를 전달하던 중 내가 어학연수를 다녀왔다고 전달했던 것 같다. 선남은 그 부분을 기억하고 있었는지, 영어를 잘하냐는 질문을 했다. 난 잘 못한다고 대답했고 잘하고 싶다고 말했다.

선남은 팀원들이 대부분 외국인으로 회사에서는 대부분 영어만 쓴다는 것이다. 거의 모든 업무는 영어로 이뤄지기 때문에 자유자재로 영어를 구사한다는 말을 하고 싶어 했던 것 같다. 미안하지만, 선남의 발음으로 영어를 하는 건 조금도 상상이 가지 않았다.

배틀3. 취미

형식적인 질문을 이어가던 중 취미에 관한 이야기로 초점이 맞춰졌다. 나의 취미는 작업공간이 있어야 한다. 취미활동을 오랜 시간 해왔기에 구매한 물품들도 꽤나 많아졌다. 그래서 방 한 개를 작업공간으로 사용하고 있고, 작업한 물건들도 좀 있다고 말했다. 거의 창고처럼 사용하는 방이라 다른 물건이 많아서 제대로 된 작업 공간이라고 할 순 없고, 좀 쾌적하고 좋은 작업 공간을 가지고 싶다고 했다.

선남 역시 작업공간이 필요한 취미를 하고 있었는데, 안방을 작업공간으로 사용하고 있을 만큼 용품도, 작업한 물건들도 많다는 것이다. 비싼 물건들이라 선남의 어머님이 선남의 집에 방문해서 방을 치워주고 싶어도 물건이 너무 많고 복잡해서 정리가 잘 안 된다고 말했다. 그럼에도 방이 크고 작업하기 좋은 공간이라 취미생활을 제대로 즐기고 있다고 했다. 웬만한 작업실보다 잘해놨다는 말을 빼놓지 않았다.

배틀4. 집안

처음 보는 사람에게 거의 국룰처럼 하는 질문이 있다. "어디 사세요?"이다. 선남의 질문에 살고 있는 동네를 말했고, 선남의 눈은 굉장히 신나 보였다.

아침드라마에서 전화를 받는 것만으로도 부자임을 알게 해주는 동네가 있다. 예를 들어 전화가 울리면 : "네~, 평창동입니다" 혹은 "성북동입니다"라며 살고 있는 동네를 알려준다. "여보세요"보다, 동네 이름을 말해주는 그런 동네. 그런 부촌이 우리 집에서 멀지 않은 곳에 있었다. 선남은 그런 곳에서 유년시절을 보냈다고 했다. 굉장한 부촌은 아니지만, 꽤나 좋은 지역으로 알려져 있는 곳이었다. 전화 받을 때 사는 동네를 알려줘도 무방한 그런 동네에 살았다.

선남과 살고 있는 곳에 대해 이야기를 나누던 중, 내가 살고 있는 동네를 알려주자 선남은 "그래, 이번에는 이거야!"

라는 눈빛으로 돌변했다. 내가 살고 있는 동네에 대해 많이 알고 있다고 했다. 우리 동네에서 조금 더 가면 있던 그 부촌에서 오랫동안 살았다고 했다. 그 동네에서 부모님이 사업도 하셨고, 또한 그곳에서 오랫동안 살았다는 것이다. 그 동네에서 유명한 곳과 여러 동네에서 있었던 일들을 말해주며 꽤나 신이 난 것 같았다. '이번 배틀 역시 내가 이겼군!' 하는 승리의 미소를 날리던 선남에게 비아냥거리고 싶을 만큼 꼴 보기 싫었다.

배틀5. 차

선남의 집에서 약속 장소까지 거리가 멀었다. 당시 코로나가 한참 심각한 수준이어서 선남이 자차로 이동을 할지도 모른다는 생각을 했다. 그래서 주차시설이 잘 되어 있는 식당 위주로 알아봤다. 만약 약속 당일에 주차할 거면 식당에 미리 문의해봐야 할 것 같다고 했다. 그러자 선남은 알겠다고, 물어보겠다고 했다.

그래서 당연히 선남이 차를 가지고 왔을 거라고 생각했었다. 선남이 식당에 물어보겠다는 대답은 했어도, 다른 교통수단을 이용했을 수도 있을 거라는 생각까진 못 했다. 이것 역시 내 입장에서만 생각한 것이다.

나라면 처음부터 대중교통을 이용하려고 했다면 말을 했을 것 같다. 그날은 대중교통을 이용할 거라, 주차 문의는 안

해도 된다고 말할 것 같다. 사람마다 그리고 그때의 사정이 있고, 이 또한 나만의 생각이다.

선남과 첫인사 후 대화를 이어가던 중 너무나 자연스럽게 차는 많이 안 막혔냐고 물어봤다. 선남은 오늘은 장거리 운전은 하고 싶지 않아서, 전철 타고 왔다고 했다. 곧바로 선남은 나에게 운전하냐고 물어봤고, 난 당시에는 차가 없었고 장롱면허라고 말했다.

중고차를 구입할 계획도 있었지만, 개인 연수도 받아야 했고 코로나가 심해지면서 그 어떤 의욕도 사라져서 뚜벅이로 살고 있었다. 직접 운전해서 가고 싶은 곳을 가고, 좋아하는 사람을 픽업해주고 하는 나름의 로망이 있었는데, 지금은 사라졌다고 말했다.

그러자 선남은 장거리 운전하는 건 너무나 피곤한 일이고, 차가 있으면 신경 쓸 게 많다며 대중교통을 이용하는 것이 좋다고 말했다. 나 역시 한국은 대중교통이 너무 잘되어 있어서, 대중교통을 이용하는 게 가장 편리하고 좋다고 맞장구를 쳤다.

선남의 차에 관한 이야기는 계속 이어졌다. 선남은 운전을 굉장히 오래해서 이제 운전하는 게 너무 피곤하다고 했다. 또한 차를 바꿀 때마다 좋은 차로 바꾸게 되면서 승차감의 중요성을 알게 되어서 남의 차는 잘 못 타게 되었다고 했다. '아, 또다시 배틀이 시작되었구나'를 직감했다.

그리고 선남의 미묘하게 뒤틀어진 예민함을 느낄 수 있었다. 차가 많이 막혔냐는 물음에 답을 할 때부터 느꼈다. 그리곤 계속해서 이어지던 차에 관한 이야기에 무료해졌다. 어쩌면 선남은 내가 주차했냐는 질문에 대해 민감하게 받아들였던 것 같다. 나의 질문의 취지를 "차 없어?"라며 무시하는 뉘앙스로 확대 해석했는지도 모른다. 질문을 통해서 선남이 차가 있는지에 관한 유무를 상당히 중요하게 생각하는 사람처럼 느꼈는지도 모르겠다.

난 맹세코 그 어떤 꿍꿍이도 속셈도 없었다. 단지 주차를 잘했냐는 형식적인 질문이었다. 대중교통을 이용했다고 해서 비아냥거릴 만한 것도 아니었다. 차가 아닌 자전거 하나 없는 내가 차가 없다고 해서 누굴 무시해서는 안 된다. 그건 안 되는 거다.

주차에 관한 질문 이후 선남의 빈정거림을 느낄 수 있었다. 그리고 계속해서 차에 관한 이야기를 해댔고, 나는 죗값을 치르듯 묵묵하게 들었다. 차가 막혔냐는 질문에 대한 대가로는 꽤나 혹독했지만 내 표정을 스스로 체크하며 최대한 불쾌한 표정을 짓지 않으려고 노력했다.

식당에서 선남과의 대화는 순조롭지 않았다. 식당에서 흘러나오는 음악소리가 꽤나 컸고, 그런 음악을 뚫고 대화를 하기엔 한계가 있었다. 선남의 발음은 불분명했고, 시간이 지날수록 더욱 부정확하게 들렸다.

2차로 식당에서 가까운 거리에 있는 카페로 자리를 옮기자는 선남의 제안에 따라 나섰다. 자리를 일어나 이동하는데, 선남의 전체 모습이 보였다. 등산 조끼와 더불어 등산 재킷을 입고 있었다. 신발은 험한 세월의 흔적을 알 수 있을 만큼 심각하게 해지고 오래되었다. 원래 어떤 모양이었을지 조금도 가늠하기 어려운 형태로 변해 있었다.

식당을 나와 카페로 향하고 있는데 선남은 핸드폰을 놓고 왔다며 다시 식당으로 들어갔다. 선남을 기다리며 순간 깊고도 서글픈 한숨이 나왔다. 처음으로 친구에게 살려달라는 구조요청 메시지를 보내기도 했다. 선 보러 나가서 도중에 단 한 번도 그런 메시지를 보내본 적이 없었기에, 친구는 이번에는 심상치 않은 녀석이 나왔음을 눈치챘다.

조금 떨어진 거리에서 바라본 선남의 모습은 말로는 형용하기 어려운, 처음 본 사람의 모습이었다. 닳고 닳은 오래된 크로스백 끈에 엄지손가락을 넣고, 조금은 경쾌해 보이는 손가락 놀림으로 끈을 만지작거리며 발걸음 역시 경쾌한 팔자걸음으로 땅바닥에 발을 휘저으며 나를 향해 걸어오고 있었다.

선남을 있는 그대로 그리고 존재 자체를 사랑해주는 사람을 찾을 수도 있을 것이다. 그래서 선 자리에 나왔을 것이다. 등산복을 입어도 '뭐 그럴 수 있지, 패션감각이 좀 없는 사람이지만, 수수해 보이고 좋다'라며 장점으로 봐줬을지도 모른다. 선남은 그런 사람을 찾고 있는지 모른다.

안타깝게도 난 선남이 바라던 그런 사람이 아니었다. 이런 상황을 안타까워해야 되는 건지, 다행이라고 생각해야 되는지, 칼로 자른 듯 확실치 않은 오묘한 감정들이 뒤섞였다. 다만 그날 역시 씁쓸했다.

선남과 카페로 향했고, 메뉴를 주문하고 취미에 관한 이야기로 초점이 다시 맞춰졌다. 식당에서의 배틀보다는 조금 덜한 공격이 계속되었고, 그 어떤 이야기도 귀에 들어오지 않았다.

그날도 집으로 향하던 길에 손에는 캔맥과 과자가 손에 쥐어졌다. 잠들기 전 캔맥을 한 모금 시원하게 들이키고 넷플릭스에 로그인했다. 영화를 고르던 중 갑자기 폭풍 눈물이 나왔다. 왜 이런 일들이 끊임없이 일어나는지, 도대체 어떻게 해야 이 상황이 끝나는 건지 누구든 원망하고 싶었다.

그 어떤 누군가의 잘못도 아니다. 그렇다고 내 잘못도 아닌 것 같은데, 내 잘못처럼 느껴졌다. 내가 크나큰 죄를 지어서 벌을 받는 것만 같았다. 죗값을 이렇게 치러야 한다면 언제까지 치러야 하는지, 다른 방법은 없는 건지 그저 슬펐다.

한바탕 시원하게 울고 다음 날이 되었다. 전날의 먹먹함이 채 가시지 않은 채 멍하게 거실 소파에 앉았다. 잠들기 전 맥주와 짠 과자의 조화는 실로 놀라웠다. 얼굴은 엄청나게 벌크업되었고 그야말로 처참했다. 그 모습을 본 엄마는 이번에도 꽝을 예감했고, 이유를 물어보셨다.

이번에는 한 마디만 했다. "엄마, 선남이 등산복을 입고 나왔던데, 어떻게 생각해?"라고 말하자 엄마는 그 어떤 말도 하지 않으셨다. 그리고 깊은 한숨소리가 들렸다. 엄마 친구에게 말을 해야 될 것 같다고 하셨다.

평소의 나였다면 엄마를 말렸을 것이다. 이미 지나간 일을 다시 되새길 필요 없다고 했을 거고, 그리고 엄마는 내 말에 수긍을 하셨을 것이다. 하지만 이번에는 아무것도 하지 않았다. 엄마는 전화를 하지 않으셨을 거다. 엄마도 속상해서 엄마답지 않은 말을 하셨다. 그저 나를 위로해주기 위한 푸념이었을 것이다.

있는 그대로, 존재 자체로 봐달라는 사람들이 있다. 본인하고 싶은 대로 하고, 입고 싶은 대로 입고, 말하고 싶은 대로 다 말하면서 나의 본 모습을 봐달라고 하는 사람이 있다. 그게 존재 자체로 봐달라고 하는 걸까, 객기를 부리는 걸까?

'존재 자체로 날 사랑해줘'는 유아기 때 아이들의 경우에만 가능하다. 하고 싶은 대로 다 하면서, '난 수수하고 가식 없이 털털한 사람이야'라는 신념은 결국 본인하고 싶은 대로 하겠다는 이기적인 모습은 아닐까.

비록 선 자리에 등산복을 입고 다 떨어진 신발과 가방을 메고 왔지만, 나의 가치를 몰라보는 네가 손해지, 내가 얼마나 소탈한 사람인데'의 자세로 어필하고 싶었다면, 선 자리에 나와선 안 되는 게 아닐까. 다른 자리도 아니고 선 자리에서 자기만의 색을 고집하는 것은 장례식에 화려한 반짝이 의상을 입은 것과 많이 다를까?

때와 장소에 맞는 의상도 마음가짐이 필요하다. 그걸 지키지 않으면서 '난 나만의 색을 유지하겠어'의 자세는 자신의 신념을 지키는 것이 아니라, 고집을 피우는 거라고 생각한다. 그렇게 하고 싶은 대로 하면서 살 거면, 자기만 편한 세상 속에 자기만 살아야 한다.

이번에도 선이다. 그리고 이번에도 엄마의 주선으로 성사되었다. 다시 한 번 엄마의 인맥은 어디까지인가 궁금증이 몰려왔다.

사람을 판단하는 기준에서 직업은 상당히 많은 부분을 차지한다. 그리고 직업적인 특성으로 그 사람을 판단하기도 한다. 그리고 너무나 당연하지만 세상의 모든 이치에는 예외라는 게 존재한다.

선남의 직업을 들었을 때, 선남의 직업 특성상 고정관념이 있었다. 그런데 내가 겪어본 선남은 직업 특성을 벗어나는 예외에 속하는 사람이었다. 그래서 이번 선남은 직업을 공개하기로 했다. 직업 특성을 알아야 설명이 되는 부분들이 있기 때문이다.

선남의 직업은 기자라고 했다. 선남의 간략한 프로필을 전달받았을 때, 기자라는 직업이 조금은 신선했다. 그동안 선남들과 카톡으로 메시지를 주고받을 때 선남들은 일관되게 맞춤법을 틀렸고 그로 인해 경악했던 순간들이 너무 많았다. 스포츠로 치면 이미 옐로카드 2개를 주고 선 자리에 나갔다.

난 국문학과 출신도 아니고, 언어적인 감각이 뛰어나지도 않다. 그런데도 선남들과 메시지를 주고받을 때마다 "하아……. 이건 아닌데" 싶은 순간들이 너무도 많았다. 하지만 적어도 이번 선남은 그렇지 않겠지 하는 마음이 있었다.

그리고 기자라는 직업의 특성상 팩트를 전달하는 일을 하는 사람이라 성격에도 그런 부분이 많이 묻어 있을지도 모른다는 생각을 했었다. 허세나 과장을 많이 하는 사람을 평소 싫어해서 직업 특성으로만 본다면 마음에 드는 부분이었다. 하지만 항상 세상 어느 곳에든 예외는 존재하는 법이다.

신종 관종

선남과 만났을 때는 가을이 시작되던 무렵이었다. 평소 가을을 타는데, 당시에는 조금 더 기분이 다운되어 있었다. 이번 겨울에는 누군가와 한 해를 같이 마무리하고 싶은 마음이 간절했다. 사랑하는 사람과 가는 해를 마무리하고 오는 해를 부푼 마음으로 맞이하고 싶었다. 언제 그런 날이 오기는 할 건지, 희망고문이 길어지니 그냥 고문 같았다.

이번에도 전혀 긴장이 되진 않았다. 너무나 당연하게 생각했지만 너무나 당연하지 않았던 점들을 정리해봤다.

1. 맞춤법

선남과 카톡으로 메시지를 주고받으면서, 선남이 기자라는 사실을 깜박 잊곤 했다. 생각보다 맞춤법을 자주 틀렸기 때문이다. 난시가 심해서 글씨가 정확하게 보이지 않을 수도 있고, 기사를 작성할 때 맞춤법 검사기를 애정하는 이용자인지는 모르겠지만 그동안의 선남들 못지않게 수시로 틀리는 맞춤법을 구사하며 메시지를 보냈다. "기자"라고 하지 않았나? 글을 작성하는 기자가 맞춤법이 틀린다? 부정적으로 굉장히 신선했다.

선남의 부서는 크게 문과·이과로 나눠서 분야를 정한다면 이과에 속했다. 문과에 가까운 부서에 속했다면 또 이야기가 달라지겠지만, 그래도 조금은 이해를 해줘야 될 것 같았다.

2. 말수

선남은 처음 나에게 말을 건네던 순간부터 마지막까지 말을 쉼 없이 했다. 특정한 직업을 가진 사람들에 대한 전래동화처럼 전해져 내려오는 이야기가 있다. 예부터 요리사는 집에서 요리를 하지 않는다고 했고, 기상청 체육대회 때 비가온다고 했다. 이런 흐름으로 생각해보면, 기자라는 직업 특성상 말을 많이 하고 사람들을 많이 만나다 보니, 일하지 않을 때는 말수도 적고 차분할 것 같았다. 하지만 이것 역시 지극히 개인적인 생각이었다.

백종원은 집에서도 요리를 자주 한다고 했고, 기상청에서 체육대회 할 때 매번 비가 오진 않았을 것이다. 직업이 기자일 뿐이고, 그 사람의 성향을 직업 특성이 이기진 못한 것 같았다. 말이 많아도 너무 많았다. 듣다 보면 귀에서 피가 날 지경이었다.

3. 허세

최근 주변에 거의 모든 사람이 주식을 할 만큼 주식 열풍이 뜨겁다. 선남과 이야기를 주고받던 중 주식에 관한 대화로 초점이 맞춰졌다.

선남이 친하게 지내는 동료 중 증권 부서에서 일하는 기자가 있다며 좋은 정보를 알아봐 줄 수 있다고 했다. 다음에 만나면 리스트를 뽑아서 주겠다며, 자연스럽게 다음을 기약했다. 선남과 친하게 지내는 기자라면 이미 좋은 정보를 많이 알고 있고, 당연히 주식으로 크게 재미를 봤을 텐데 하는 생각이 머리를 스쳤다.

순간적으로 인맥을 자랑하고 싶어서 튀어나온 말이라는 것을 알 수 있었다. 당시 대화의 흐름은 주변에 주식하는 사람들이 많아서, 유행을 따라서 해야 될 것만 같더라 하는 내용이었다. 주식하면 고급 정보 좀 공유해달라는 게 아닌 남들도 다 하니까 흐름에 편승해야 되는 게 아닌가 싶은 조금은 조급한 마음이 있다는 정도였다.

이야기의 흐름상 증권 기자 친구까지 나오고 좋은 정보까지 나오지 않아도 될 것 같았는데, 선남은 자신의 인맥을 자랑하고 싶어 했던 것 같다. 요즘 주식하는 사람들이 많은 것 같더라며, 맞장구 쳐주는 정도의 전개를 예상했는데 빗나갔다.

기자라는 직업은 사실만을 보고하고 다루기 때문에 실제 성격도 직업의 영향을 받지 않았을까 싶었는데, 역시나 성향이 제대로 이긴 것이다.

선남은 우리 집과 거리상 가까웠고, 퇴근 후 동네에서 만났다. 약속 장소는 동네 카페였다.

카페에 들어서자 누가 봐도 선남처럼 보이는 사람이 있었다. 그래도 혹시 모르니 카톡으로 도착했다는 메시지를 보냈다. 그러자 처음 봤던 그 남성이 나에게 다가왔고 어색한 인사를 나누었다. 선남은 식사를 하러 나가자고 제안을 했다.

이번 선 자리는 약속 장소가 카페여서 마음이 편했다. 글쓰는 일을 하는 기자가 일관되게 맞춤법을 틀리며 메시지들을 보내와서 기대감이 한껏 낮아져 있었기에 생각치도 못한 식사 제안에 당황했다. 배는 고팠지만 견딜 수 있을 만큼 허기진 상태였고, 카페에서 하는 대화로도 충분할 것 같았기에 식사까지 하는 건 과한 느낌이었다. 선남의 기분을 상하게 하지 않고 돌려서 거절하고 싶었지만, 순발력도 제대로 발휘하지 못했고 잔머리도 굴러가질 않았다. 선남의 제안에 맥없이 고개를 끄덕이며 카페를 나왔다.

식당으로 자리를 옮겼다. 저녁 식사를 하기엔 조금은 늦은 시간으로 식당 안에는 한 커플이 식사를 하고 있었다. 그 커플 바로 옆에 앉게 되었다.

커플은 오랜 시간 함께한 모습으로 서로를 대하는 모습이 너무나 자연스러웠다. 그 모습은 마치 내가 절대 가질 수 없는 〈반지의 제왕〉의 반지처럼 너무나 멀게 느껴졌다. 마스크를 착용하고 있어서 눈만 보였는데 부러움이 가득 담긴 나의 눈빛을 커플은 읽었던 것 같다. 방금 만난 듯한 남녀가 어색하게 들어오는 모습을 오랫동안 쳐다봤던 것 같다. 그 시선이 신경 쓰였다. 그리고 그 시선이 싫었다. 사랑하는 사람과 함께했다면 기분 좋을 시선일 텐데, 그렇지가 않았다. 아무 의미도 없는 시선일 텐데도, 확대 해석하며 한껏 주눅들었다. 그 시선에 많은 생각들이 꼬리에 꼬리를 물고 이어지기 시작했고, 대화에 집중이 안 되었다. 대화라기보단 선남의 입에서 쏟아져 나오는 말들의 속도를 따라가려고 했다.

예전에 학원 강사인 친구가 해줬던 말이 떠올랐다. 친구는 초등학교 아이들을 가르치고 있는데, 새로운 아이가 반에 등장하면 남녀의 반응은 확연히 달랐다고 한다. 남자아이들은 새로운 친구도 굉장히 오랫동안 알고 지내던 친구와 별반 차이 없이 장난치고 하면서 노는 데 반해, 여자아이들은 10명이면 10명 모두 "간을 본다"는 것이다. 새로운 친구를 받아들임에 있어서, 나와 같은 결을 가진 친구인지 어떤 성향을 가진 아이일지 유심히 살펴본 후 친해지기까지 시간이 필요하다고 했다.

항상 선 자리에서 날을 세워 선남을 관찰한다. 이번 선남은 간 보는 시간이 유난히 짧았다. 사람에겐 취향이라는 게 있고, 취향과 잘 맞는 사람에게 호감이 생긴다. 특히나 결혼

상대자를 찾는 자리에서 내가 원하는 취향을 가진 사람인지를 살펴보는 것은 당연하다. 내가 좋아하는 취향과 잘 맞는지, 싫어하는 취향에 속해 있는지를 기준으로 사람을 구분하게 된다. 선남은 내가 싫어하는 취향을 많이 가지고 있었고, 그게 빠르게 포착되었다.

난 말이 많은 사람을 별로 좋아하지 않는다. 아니, 싫어하는 편에 속한다. 선남은 말이 너무 많았다. 말하는 걸 너무나 좋아해서 말할 때마다 신이 난 것처럼 보였다. 말이 많으면 실수가 많다는 의견에 전적으로 공감하는 편인데, 선남은 신뢰하기 어려운 이야기들을 지독하게 많이 내뱉었다.

선남은 평소 여성들에게 인기가 많은 편에 속한다며, 연애할 때 이야기도 조금 섞어서 말하기도 했다. 이 부분은 확인할 수 없으니 이해가 되진 않지만 넘어가도록 한다.

기자 생활하면서 가장 기억에 남는 기사가 뭐냐는 질문에 선남이 쓴 기사가 본인이 속했던 부서 1면에 났다고 했다. 그때의 기억을 소환해서 말하는데 선남의 얼굴이 한껏 상기된 채 본인의 모습에 심취해 있었다. 이후 선남 이름으로 기사를 찾아봤으나, 해당 기사의 기자 이름은 달랐다.

일일 할당된 양의 말을 꼭 해야 되는 사람들이 있다고 한다. 그 양을 채우지 못하면 심지어 잠꼬대라도 해서 채운다다는데, 선남이 그런 사람에 속하는 것 같았다. 그래서 비록 귀에서 피가 날 것 같지만, 그날은 고해성사하는 신도의 말을 묵묵하게 들어주는 신부처럼 내 귀를 내어주었다.

이 정도 들어줬으면 됐다 싶을 만큼 들었을 때 일어나자고 제안했다. 선남과 집으로 가는 방향이 같아서 또다시 같이 걸었고, 귀는 여전히 고통 받고 있었다.

몇 발 걷지 않았을 때 카페에 핸드폰을 놓고 왔음을 알아차렸다. 핸드폰을 놓고 온 것 같으니, 선남에게 먼저 가라고 말을 했는데 선남은 본인이 가지고 오겠다며 가만히 기다리라고 했다. 잠시 후 선남이 카페에서 나오면서, 핸드폰이 없다며 연기를 해댔다. 난 조금도 그 장단에 놀아주고 싶지 않았다. 분명 내가 앉았던 옆자리 의자 위에 가지런히 놓고 나왔음을 기억했다.

내가 조금도 당황하지도 놀라지도 않자 선남은 빠르게 흥미를 잃었다. 핸드폰을 주면서 내 손을 꽉 잡았다. 손 잡고 싶었다고 했다. 순간 감전된 듯 온 몸이 떨리고, 등줄기에서 굵은 땀줄기가 흘렀다. 이건 과장이 아니다. 순간적으로 인체가 그렇게 반응할 수 있다는 게 실로 놀라웠다.

선남과 드디어 길이 갈라졌고, 이번에도 집으로 올라가는 길에 편의점에 들러 캔맥을 샀다. 이번에는 조금 색다른 기분을 내기 위해 육포를 샀다.

바로 그날부터 선남에게 카톡 메시지가 오기 시작했다. 핑계라고 한다면 할 말은 없지만, 만남 이후 정신없이 바쁜 일들이 많아서 바쁜 일상을 보냈다. 성의 없게 보내려는 의도는 전혀 없었지만 선남에게 답장을 늦게 보내게 되었다.

두세 번 이야기가 오가던 중 빠르게 정리하는 게 서로에게 좋겠다는 생각이 들었고, 바로 좋은 분인데 나와는 맞지 않더라, 좋은 사람 만나라고 메시지를 보냈다. 그로부터 얼마 지나지 않아 선남에게 메시지 폭탄을 받았다.

메시지를 보는 순간 수많은 오타와 맞춤법 오류 때문에 더 열 받았다. 내용은 동갑이라고 해서 좋게 봤는데 예의가 없다는 것이다. 메시지도 늦게 보내고 성의도 없고 선 자리에서도 표정이 굳어 있었다고 했다. 또한 친절하고 자상하게도 다음번에 선을 볼 때는 그렇게 하지 말라는 당부까지 잊지 않았다. 어찌나 스윗한지 심쿵하다가 심장마비 올 뻔했다.

순간 이건 또 뭔 신종 관종인가 싶었다. 동갑이어서 좋게 봤다니 무슨 뜻인지 이해불가였다. 선 자리에서 쉴 새 없이 쏟아져 나온 선남의 말에 치여서 정신줄을 놓치지 않기 위해 집중하려던 모습을 표정이 굳어서 기분 나빴다고 그렇게 표현하면 내 기분이 상하지 않겠니?

순간 이건 뭘까? 고개를 갸우뚱거렸을 뿐 신경 쓰이진 않았다. 그런 메시지를 보낸 건 너무나 선남스러웠다. 그래서 조금도 놀랍지 않았다. 너무나 일어날 법한 일이 벌어진 것 같았다. 회의 시간마다 팀원들에게 의견을 내보라던 부장의 말을 그대로 믿고 아무리 의견을 내보아도 결국 본인의 의견으로 정리하는 답정너 부장처럼 당연한 결과였다.

　메시지를 읽고 그 어떤 말도 하지 않은 채 바로 차단해버렸다. 이렇게 또 한 명 걸러졌다. 정수기 필터도 아니고 언제까지 계속 걸러질지, 거르고 걸러서 그토록 바라고 바라던 사람을 만날 수 있는 건지, 이날도 결혼은 너무나 멀고도 멀게만 느껴졌다.

이번에도 선이다. 친구의 소개로 만나게 되었는데, 친구의 집안과도 잘 지내는 사람으로 정보가 굉장히 자세했다. 정확하게는 친구 어머님이 잘 아시는 집안의 자제 분으로 친구도 본 적은 없다고 했다.

친구 어머님은 선남 집안에 대해 잘 알고 있고, 우리 집안과도 잘 알고 계셨다. 정보상으로는 나와 잘 맞을 것 같다며 연락이 왔다.

만수르

흔히 알려져 있는 왕부자 만수르가 아닌 그동안의 선남들의 모든 특징들을 한 번에 합쳐놓은 것 같은 특징 부자 만수르.

친구가 선남에게 연락처를 줬다고 한 지 얼마 지나지 않아서 연락이 왔다. 선남은 문자 메시지를 통해서 연락했고, 끝까지 문자로 이야기를 이어갔다. 이전 선남들 모두 카톡으로 메시지를 주고받았는데, 문자로 연락을 하니 좀 신선했다. 카톡이든 문자든 어떠한 매개체를 통해서든 연락만 잘 되면 상관없다. 핸드폰이 처음 나왔을 때 친구들과 문자를 주고받던 시절의 감성이 되살아났었다.

왜 (단점) 만수르라 이름을 지었는지 하나씩 이야기를 시작해보도록 한다.

1. 맞춤법

만수르 선남 역시 눈살을 찌푸리게 하는 맞춤법을 구사했
다. 성격이 급한지 오타도 자주 발견되었다. 예를 들어,

올바른 표현 → 선남의 메시지

"네, 그래요." → 내, 그래요.

"그게 더 낫지 않나요?" → 그게 더 낫지 않나요?

"어떻게 하실래요? → 어떡게 하시겠어요?

너무 많았다. 메시지를 많이 주고받은 것도 아니었다. 약
속 장소를 결정할 때처럼 필요에 의한 연락을 했다. 연락을
할 때마다 맞춤법을 틀려재끼는 선남의 메시지는 안타깝기
까지 했다. 메시지를 주고받을 때마다 까도 까도 계속 나오
는 양파처럼 계속 틀렸다. 그나마 맞춤법은 그동안의 선남들
과 연락을 주고받으면서 단련이 되어서인지 무뎌졌다.

2. 의상

선남은 믹스&매치에 과감하게 도전하는 용감한 사람이었
다. 바지와 재킷은 양복 형태를 띠고 있었으나, 안에 입은 티
셔츠는 유행이 한참 지난 스포츠웨어 브랜드였다. 또한 선남
은 굉장한 강단이 있는 스타일을 고집하는 사람이었다.

표범과 흡사한 동물과 브랜드 이름이 대문짝만 하게 프린

트된 하얀 양말을 신고 있었다. 하얗디하얀 양말을 검은 양복과 검은 구두 위에 살포시 신었다. 멀리서 보면 마이클 잭슨이 부활한 것 같은 착각을 불러일으켰다.

3. 관리

선남과 비슷한 연령대의 남자들을 몇 명을 알고 지낸다. 내가 아는 주변의 남자들을 기준으로 선남의 외모를 육안으로만 가늠한다면 선남이 한참 형아처럼 보였다.

혼자 살면서 혼밥, 혼술, 노 운동의 조합의 악영향 직격탄을 맞은 것 같았다. 팅커벨이 선의를 베풀어 요술봉으로 솨라락 휘둘러서 드라마틱한 변화를 해준다고 해도 그 모습이 상상 가진 않았다. 어쩌면 지금의 모습이 가장 최상의 모습일지도 모른다는 생각이 들기도 했다.

4. 사상

선남과의 대화는 숨이 턱턱 막혀왔다. 숨 쉬는 것만으로도 느껴지는 전형적인 꼰대였다. 선남이 꼰대의 길에 들어선 건 너무나 당연한 절차인지도 모른다. 선남은 아버지 사업을 물려받아서 하고 있었고, 선남의 아버지는 입술이 떨어지자마자 '라떼는 말이야'를 연발하는 사람이라고 했다.

선남의 입으로도 아버지의 꼰대 정신은 굉장하다고 했다. 그래서일 것이다. 부전자전. 시대착오적인 사상으로 똘똘 뭉

처 있었다. 선남의 꼰대 사상은 너무나 단단해서 토르의 망치로도 깨지지 않을 것 같았다.

5. 연애

이번 선남도 연애를 많이 안 해본 향기가 났다. 선남이 선정한 약속 장소는 삼계탕 집이었다. 녹색 창에 선남과 만나기로 한 동네 맛집을 검색하면 맨 처음에 나오는 식당이었다. 물론 역사가 깊고 맛도 유명한 식당임에는 분명하다. 하지만 처음 보는 선 자리로는 무리가 있다고 본다. 첫 만남에 뚝배기에 담긴 삼계탕에서 살을 발라내고, 뼈를 골라내는 모습을 보여주고 싶진 않았다.

선남이 우리 집에서 가깝고 평소 잘 알고 있는 곳으로 약속 장소를 선정했다고 했다. 선남의 의도가 좋은 의미로 받아들여지진 않았다. 그냥 성의가 없다고밖에 느껴지지 않았다. 평소 혼자 사는 선남이 '혼밥으로 삼계탕은 자주 먹지 못하니 선 자리에서라도 함께 먹어줄 누군가가 필요했던 건 아닌가'라는 의문이 들 정도였다.

선남이 선택한 식당은 한때 외국인 관광객 사이에서 유명했고, 테이블 회전이 빠르기로 유명한, 마돈나 같은 곳이었다.

마 : 마니(많이) 먹고
돈 : 돈도 많이 쓰고 빨리

나 : 나가

좋게 보면 실속 있고, 소탈한 사람처럼 보일지도 모르지만, 내게는 아니었다.

처음에는 선남과 문자를 주고받으며 연락했다. 코로나 확진자가 계속해서 증가하면서 선을 보기 좋은 상황은 아니었다. 평일에는 식당이나 카페들이 일찍 문을 닫았기에 서로 주말밖에 시간이 안 되었다.

선남은 연락하던 그 주에 선약이 있다고 했다. 외국에서 친구들이 와서 다 같이 등산을 하기로 했다며 다음 주에 만나자고 했다. 그래서 다음 주에 보기로 약속을 정했다. 주말 잘 보내라는 선남의 메시지에 등산할 때 코로나 조심하라는 형식적인 말을 남겼다. 선남은 외국에서 온 친구들과 만날 시간이 이번 주밖에 되지 않아서, 어쩔 수 없이 만나야만 한다고 했다.

등산할 때 코로나 조심하라는 말에 대한 대답으로는 전혀 맥락이 연결되지 않았다. 내가 전달한 메시지의 내용을 다르게 해석했을지도 모른다. 코로나가 심각한데 굳이 등산을 하려고 하냐는 뉘앙스로 이해한 건지 모르겠지만, 전혀 생각치도 못한 대답이었다. 계속해서 틀려대는 맞춤법과 더불어 계속되는 오타로도 모자라서 이젠 문맥도 이해하지 못하는 건가 싶었다. 문자를 읽고 또 읽어보면서 조금씩 마음을 더 내려놓았다.

만나기로 한 날짜는 정했는데 장소와 시간은 미정이었기에 다시 연락을 해야 했다. 장소를 선정하기 위해 의견을 좁혀가던 중 선남이 약속 장소를 알아보고 연락을 주겠다고 했다. 그러고는 이번에도 역시나 연락이 늦었다.

만나기로 한 전날 저녁쯤 다시 연락을 했고, 많이 바쁜 것 같은데 내가 알아보겠다고 했다. 선남은 본인이 잘 아는 데가 있는데 여기서 보자고 메시지를 보내왔다. 장소는 삼계탕 집이었다. 닭백숙이라……. 독창적인 장소 선정이었다. 하지만 다른 장소에서 만나자고 제안하지는 않았다. 그러고 싶진 않았다. 그 어떤 의욕도 없었다.

약속 당일이 되었다. 전날 잠을 많이 설쳤고 기대감이 조금도 없었다. 빨리 해치우자라는 마음가짐으로 상대 리드에 끌려가주겠다는 의지를 다시금 불태웠다. 약속 장소가 집에서 그리 멀진 않았지만, 길치 대마왕이기 때문에 일찍 가서 기다리기로 했다.

잠을 제대로 못 자서 너무 피곤했다. 진한 카페인이 필요했고, 삼계탕 집에서 가까운 스벅에 들러서 샷을 추가한 아메리카노를 주문했다. 카페에 앉아서 커피를 마시며 시간을 흘려보냈다. 최선을 다해 멍하게 앉아 있던 기억이 난다. 혹여나 약속 시간에 늦을까 봐 알람까지 맞춰놓고 성실하게 멍하게 밖을 내다보며 머릿속 잡념들을 털어내려고 했다.

그렇게 아무 생각 없이 앉아 커피를 마시는데 정적을 깨는 알람이 울렸다. 약속된 시간이 되어서 카페를 나와 약속한 장소로 갔다. 그러나 약속 시간이 되었는데, 그 어디에도 선남의 모습이 보이지 않았다. 하는 수 없이 선남에게 전화를 걸었다.

처음으로 선남의 목소리를 들었다. 목소리는 굉장히 들떠 있었고, 성격이 급한 사람 같았다. 목소리가 떨리는 것도 느낄 수 있었다. 어디냐고 물어봤고 선남도 약속 장소에 와 있다고 했다. 아무리 둘러봐도 선남으로 보이는 사람은 보이지 않았다. 전화를 받고 있던 장소에서 식당 문 앞쪽으로 더 가까이 걸음을 옮겼다.

그때 선남이 수화기로 "짧은 검은색 원피스 입고 손에 커피 들고 계시죠?"라고 했다. 순간 조금 소름이 돋았다. 누군가 나를 지켜보면서 나의 인상착의를 관찰하고 있는 것 같았다. 뒤통수가 짜릿해지며 머리카락에서 흐르던 전기를 느낄 수 있었다.

난 "네, 맞아요"라고 대답하고 통화를 종료하려고 하는데, 선남의 말이 다시 이어졌다. "머리 길이는 중간 정도 되고, 손에 가방 들고 계신 분 맞는 거죠?" 선남의 질문에 다시 한 번 짧게 맞다고 대답하고 끊었다. 왜 이러는 걸까? 이런 걸 즐기는 사람인가? 미안하시만 변태 같았다.

　그때 무릎을 덮는 길이의 원피스를 입고 있었다. 사람마다 기준은 다르겠지만 그 기장을 짧다고 할 수 있는지 의아했다. 적당한 길이라고 생각해서 입었는데 의상을 잘못 선택한 것 같았다. 복숭아뼈까지 가릴 수 있는 긴 바지를 입을 걸 후회가 되었다.

　식당을 향해 걸어가는데 핸드폰을 만지작거리며 걸어오는 남자가 보였다. 선남이었다. 멀리서도 검은 양복과 매치된 흰 양말이 눈길을 사로잡았다. 난 어릴 때 마이클 잭슨을 좋아했다. 선남 또한 마이클 잭슨을 오마주했는데 내가 눈치가 없어서 알아차리지 못했을지도 모른다. 눈을 한번 크게 질끈 감고 빠르게 식당을 향해 걸어갔다.

　마스크를 착용하고 있어서 눈밖에 보이지 않았는데, 예리한 눈과 그에 어울리는 눈빛을 하고 있었다. 어김없이 어색하게 인사를 나누고 식당을 들어갔다. 코로나로 인해 불경기라고 뉴스에서 연일 보도되고 있었지만, 그 식당만큼은 예외인 것 같았다. 직원들 모두가 바쁘게 움직이고 있었는데 그 누구도 우리를 신경 쓰지 않았고, 무안할 만큼 뻘쭘했다.

　선남이 마침내 지다가던 직원에게 2명이라는 말을 했고, 직원은 하던 일을 그대로 하면서 시선조차 주지 않은 채 아무데나 앉으라고 했다. 직원의 말에 선남과 아무데나 앉았다. 그런데 지나가던 다른 직원이 그 자리가 예약석이라며 다른 데 앉으라고 하자, 선남은 화가 조금 올라온 듯했다.

나 : 그럼 어디에 앉으라는 거예요?

직원 : (손만 다른 좌석을 가리키며) 저기에 앉아요.

직원이 손짓한 좌석으로 자리를 이동했다.

나 : (앉기 전에) 여기는 예약석 아니에요? 앉아도 되는 거죠?

다른 직원 : (역시나 하던 일 그대로 하면서) 네, 앉으세요.

선남은 손님 대접을 받고 싶어했던 것 같다. 혼자 있는 것도 아니고 내가 있는데 이렇게 하대 받는 것은 본인의 체면을 상하게 하는 일처럼 생각하는 듯했다. 바쁘고 장사가 잘되는 식당에서는 흔히 있는 일이라고 생각했는데, 선남은 많이 불쾌했던 것 같다.

메뉴는 단조로웠고, 식사할 수 있는 메뉴 또한 삼계탕밖에 없었다. 의자에 앉음과 동시에 주문을 했다. 마스크를 벗고 서로의 눈 아래의 부분의 얼굴을 공개하며 대화를 이어가야 했다. 이번 선남의 경우는 첫인상이 안 좋았다. 조금은 소름 끼치는 전화 통화 때문에 더 그렇게 보였는지도 모른다. 인상이 굉장히 날카로웠고 말투 또한 전투적이었다. 더욱 거리를 두고 싶어졌다.

친구의 어머님과 서로 교회에서 오랫동안 잘 알고 지내는 교인이라고 전해 들었다. 선남은 교회나 종교에 대해서 어떻게 생각하냐며 입을 뗐다. 질문의 취지는 내가 열정적인 신도인지를 물어보는 것이었다. 직접적으로 무조건 주일은 지켜야 하며, 종교에서 말하는 대로 따르는 편인지를 물어봤다. 나는 둘 다 아닌 것 같고, 그렇게 열성적인 신도는 아니라고 대답했다.

연이어 종교에 얼마나 의지하는지 질문했다. 물론 힘들 때는 종교에 의지해서 힘을 얻기도 하지만, 분명하게 사람이 해야 하는 부분이 있으며 그 부분은 정확하게 해야 한다고 대답했다. 선남은 원하는 답을 들었는지 격하게 고개를 끄덕이며, 잠깐 시간을 가지고 본인도 그렇게 생각한다고 했다.

선님은 종교에 대해 그렇게 좋은 이미지를 가지고 있지 않다고 했다. 선남의 어머님이 교회에 거의 살다시피 하시며, 가정에는 소홀히 했다며 원망하는 모습이었다. 선남이 생각하기에는 너무 과했고, 이해할 수 없는 부분들이 많아서 지금까지도 멀리하고 있다고 했다. 나와 선을 보기 전에 주선자를 통해서 제일 먼저 종교가 있는지, 얼마나 종교에 의지하는 사람인지를 물어봤다고 했다. 한참을 종교에 관한 질문들을 던지며 선남과 같은 생각을 가지고 있는지를 재차 확인했다.

종교에 관한 부분이 어느 정도 해소가 되었는지 선남의 개인적인 일들과 질문들을 늘어놓았다. 선남은 아버님의 사업을 물려받아서 하고 있는데, 사업에 있어서는 아버지를 롤모델로 삼고 있었다. 선남의 아버지는 사업을 확장시켜 꽤나 알아주는 사업체로 성장시킨 사람이라고 했다.

선남의 아버님은 자수성가를 하신 분으로 혼자서 사업체를 운영하면서 건강상 문제로 인해 가족들이 걱정을 할 만큼 안 좋았던 시기가 있었다고 한다. 그로 인해 선남의 어머님은 종교에 의지를 많이 하셨고, 그런 어머니를 이해하지 못해 관계가 틀어지기도 했다는 것이다.

아버님의 부재로 인해 자연스럽게 사업을 물려받게 되었고, 사업을 하면 할수록 아버님이 대단한 사람이라는 점을 인정하게 되었다고 한다. 그로 인해 아버지의 꼰대정신이 선남에게 숨 쉬듯 자연스럽게 스며들었는데, 시대의 흐름상 선남의 꼰대정서는 직원들과 잘 맞지 않는다며 스트레스 받는 일들을 털어놓았다.

선남은 꼰대와 업무를 해본 적이 있냐며, 꼰대와 업무를 같이 하는 건 힘들지 않냐는 질문을 했다. 나는 꼰대정신이 심한 사람과 같이 일해서 힘들다기보단, 일단 직장생활 자체가 힘들다고 말했다. 오랜 시간을 나와 맞지 않는 사람들과 회사의 목표를 위해서 함께하는 것 자체가 쉽지 않은 일이라고 했다. 그런 쉽지 않은 일을 꼰대와 함께 한다면 더욱 힘들지 않겠느냐며 반문하듯 질문을 했더니 이번에도 고개를 깊게 끄덕였다.

선남의 질문은 조금 심오했다. 선 자리에서 오가는 질문이라기보다는 인생상담을 하는 듯한 느낌이었다. 정답이 없는 심오한 질문에 대답하기 위해서 신중하게 답변을 머릿속에서 정리했다. 머릿속으로는 답변을 정리하고, 손은 젓가락질을 하느라 바쁘게 움직였다. 삼계탕의 뼈와 살을 가려내기 위해 손을 부지런히 움직여야만 했다.

심지어 선남 회사의 마케팅과 광고 효과를 어떻게 효율적으로 얻을 수 있는지에 관한 질문까지 이어졌다. '그것까지 질문하는 건 너무 심하지 않아?'라고 말하고 싶었지만, 그럴 수 없었다. 그 부분이 제일 어려운 부분이고 회사가 그걸 어떻게 풀어내는지에 따라 매출과 직결될 것 같다고 돌려서 답변을 했다.

선남과의 대화는 회사 대표가 컨설팅 의뢰를 위해 업체에게 조언을 구하는 미팅 자리 같았다. 선 자리보다는 뚜렷한 목적에 의해 만나야만 하던 사람들이 나누는 대화처럼 정확한 용건이 있는 것처럼 보였다.

식사를 마치고 식당근처에 프랜차이즈 카페로 갔다. 카페 안에는 테이블이 세 개 있었고, 손님이 없었다. 직원과의 거리가 너무 가까워서 다른 곳으로 가고 싶었지만, 그곳에 머물기로 했다. 카페 안은 너무 조용했고, 직원들이 우리에게 집중하는 게 느껴졌다. 선남도 그걸 느꼈는지 카페에서는 서로 대화다운 대화는 없었다.

꾸역꾸역 커피를 마시고, 집으로 돌아갈 수 있는 시간이
되었다. 약속 장소에서 집에 한 번에 가는 버스가 있어서, 버
스 정류장까지 가면 된다며 혼자 힘차게 걸어가려 했다. 나
름 빠르고 큰 보폭으로 걸어가고 있는데, 선남이 정류장까지
데려다주겠다면서 내 걸음에 맞춰 빠르게 따라왔다. 그저 조
용히 혼자 가고 싶었기에 선남의 호의가 부담스러웠다. 게다
가 친구에게 전화를 하고 싶기도 했다.

선남은 너무 선 긋는 것 같다며, 끝끝내 버스 정류장까지
배웅해줬다. 연락을 하겠다며 조심히 가라고 했다. 선남과
헤어지고 버스를 기다리면서 다행이다 싶었다. 엄마가 주선
을 해준 자리였다면 엄마에게 어떻게 설명을 해야 했을까 싶
었다. 엄마와 대화를 하고 나면, 마치 미슐랭 가이드가 요목
조목 맛을 평가하듯 한숨, 우울, 좌절, 슬픔, 낙담 등 좋지 않
은 감정들을 하나하나 느껴보게 된다.

친구는 선남을 한 번도 본적도 없고, 그냥 가볍게 한번 만
나보라며 주선해줬다. 그때는 코로나가 굉장히 심했던 시점
으로, 내 심리상태도 조금씩 더 불안정해지고 있었다. 이번
선 자리는 친구의 어머님까지 동원된 만남이었는데 날 생각
해주는 사람들의 따뜻한 온기만으로도 위로가 되었다. 비록
원하던 결과는 아니었지만 만남이 성사된 것만으로도 감사
했다.

이후 선남에게 연락이 왔다. 한껏 틀린 맞춤법을 구사하며 최대한 어필을 했다. 선남은 첫 만남에서 평소 요리하는 걸 좋아한다며 요리에 관한 지식을 늘어놓기도 했는데, 본인이 직접 구운 빵을 준비할 테니 서울 외곽으로 드라이브를 가자는 제안이었다. 본인이 직접 빵을 구워서 가겠다는 문장은 왠지 굵은 궁서체로 폰트도 더 크게 해서 강조한 것만 같았다.

죄송하다는 메시지와 함께 좋은 분을 만나라고 보냈다. 일명 만수르인 선남은 그간 선남들의 모든 특징들을 가지고 있었다. 거기에 더불어 가부장적인 태도를 짧은 시간동안 많이 드러냈고, 또한 부모님과의 관계가 원만하지 않은 것을 반복해서 이야기했다.

선남의 아버님이 사업을 하실 때, 사업에만 몰두하실 수 있게 어머님이 희생하신 부분은 너무나 당연한 것처럼 생각했다. 아버님의 업적은 대단한 것이고 본받고 싶다고 하면서도, 어머님의 희생에 대한 언급은 없었다. 어머님이 종교에 맹목적으로 의지하면서 가정에 소홀했다는 이야기만 여러 번 했었다.

만남 이후 친구 어머님으로부터 선남 집안의 비하인드 스토리를 좀 더 전해들을 수 있었다. 선남 아버님 건강에 문제가 생기면서 어머님은 극진하게 간호를 하셨다고 했다. 어머님은 전 지역을 수소문해서 몸에 좋다는 재료를 찾아서 끊임없이 음식을 만드셨다. 그리고 아버님을 대신해 집안의 대소

사들을 해결하며 원더우먼처럼 해결사 역할을 해내셨다. 그럼에도 자녀들은 어머님이 종교에 빠졌다며 자식도 집안도 외면한 맹목적인 사이비 신자처럼 여겼다는 것이다.

해마다 허리가 휠 만큼 종류별로 김장을 담그고, 고추장·된장·간장 등 모든 장들도 집에서 손수 만드는 분이신데 가족 중 그 누구도 어머님의 노고를 인정해주지 않았다. 엄마라는 사람이 당연히 해야 하는 부분이라고 생각해서 자식들이 고마움을 못 느끼는 것 같다고 했다.

어릴 때 자식들의 관점에서는 어머님이 종교에 빠진 것처럼 보였는지도 모른다. 하지만 지금은 시간이 흘렀고, 이제 자녀들은 장성했다. 그런데도 여전히 어머님과의 관계는 회복되지 않는 것 같았다.

이번 선남이 가진 장점이 있을 것이다. 사람은 장단점을 가지고 있는 법이니까. 선남이 단점을 많이 가지고 있다고 해도, 모든 걸 덮어줄 강력한 장점이 있었다면 무시할 수 있었을지도 모른다. 그러나 선남의 강력한 장점을 찾지 못했고, 안타깝게도 선남의 단점들은 무차별적으로 속출했다. 선남의 단점들을 마주칠 때마다 답답했다.

번외 이야기 : 적당함(친구 이야기)

　　　　　주말 오후에 가족들과 점심식사 후 커피 한 잔의 여유를 즐기고 있던 무렵이었다. 친구가 우리 집 근처에 있어서 왔다가 잠깐 들렀는데, 얼굴 보자며 갑자기 연락이 왔다. 평소의 친구라면 그런 급약속은 잘 하지 않는데, 예사롭지 않은 일임을 직감하고 급하게 준비해서 나갔다. 친구는 당시 두 달 뒤 결혼식을 할 예정이었고 결혼 준비 과정이 거의 다 끝난 상황이었다.

　친구는 결혼하기로 한 사람과 확신이 들지 않아서, 점을 보고 왔다고 했다. 집으로 가던 중 혼자 있기 싫었는데, 내가 살고 있던 동네의 전철역이 나오자 내렸다고 했다. 당시에는 이런 상황을 처음 겪어봐서 어떤 이야기를 해야 하는지, 그리고 어떤 반응을 보여야 하는 건지 조심스러웠다.

　그런데 친구는 솔직한 이야기를 원했다. "너라면 어떻게 할 거야?"라며 직접적으로 물어봤다. 해줄 말이 없었다. 남편 될 사람을 본 적도 없었다. 친구는 남편 될 사람을 보여줄 마음이 전혀 없었고 결국 결혼식장에서야 남편을 보았다. 당시에는 친구들과 그 점을 조금 서운해 하고 있었다.

　그런데 일생일대의 가장 중요한 결정을 물어본다는 게 당황스러웠다. 뭔가 혼란스럽구나, 두려워하고 있구나 느끼긴 했지만 당혹스러움은 어쩔 수 없었다. 그럼에도 매리지 블루구나 싶어서 힘이 되는 이야기를 해주고 싶었다.

친구에게 왜 헷갈려 하냐고 질문했다. 친구는 이 남자가 정말 내 마지막 사람인지를 모르겠다고 했다. 오빠보다 더 좋고 괜찮은 사람이 있는데 아직도 못 만난 것 같다는 것이다. "그럼 그 남자를 기다리고 싶어?"라고 물었더니 그건 모르겠는데, 잘하는 결정인지도 모르겠다고 했다. 솔직하게 내 의견을 얘기해보라고 했다. 머릿속이 너무 복잡했고, 솔직하게 말하라고 했지만 그럴 수 없었다. 한참을 주저하다가 무겁게 입을 뗐다.

"그런 마음이면 그 어떤 사람을 만나도 현명한 결정을 했구나 싶진 않을 것 같아. 예를 들어 지금 남편 될 사람이 운동신경이 너무 없고, 겁이 많아서 같이 즐길 거리가 없어서 평생 이런 부분을 극복하기 어려울 것 같고, 답답해서 싫다면 운동신경이 좋은 사람을 만나면 될 것 같아. 그런데 이 남자가 마지막인지, 아니면 다른 사람을 위해 마음의 여지를 둘지는 네가 결정해야지. 네가 마지막이라고 생각하면, 마지막이지 않을까?"

친구는 한참을 시무룩하게 커피 잔을 만지작거리며 불안한 모습을 보였다. 일생일대의 결정을 결혼을 두 달 남겨둔 시점에서 헷갈려 한다는 게 어떤 마음일지 역지사지가 되지 않았다. 싱글이었기 때문에 더욱 이해의 폭이 좁았던 것 같다.

하지만 친구가 헷갈려 하는 게 어떤 부분인지는 알 것 같았다. 또 남편 될 사람도 친구와 같은 마음일지도 모른다는 생각을 했다. 줄다리기라도 하듯 서로 밀기도 하고 당기기도 하면서 서로의 마음을 솔직하게 나눈 적이 없었던 것 같다. 서로에게 유일한 사람이라는 확신도 없어보였다.

친구는 남편 될 사람을 만나기 바로 전에 만나던 남자친구와 결혼까지 생각했었다. 전 남자친구와 친구네 가족과 상견례 비슷한 자리가 있었다. 그 자리에서 친구의 어머님이 싫은 내색을 하시며 조금 반대를 하셨고, 그러자 친구는 고민 없이 전 남자친구와 헤어졌다. 어머님은 모진 말도 하셨는데, 친구는 어머님에게 들었던 이야기를 전 남자친구에게 그대로 전달해서 상처를 주며 헤어졌다.

그 후 아침드라마에 자주 나오는 전개가 펼쳐졌다. 전 남자친구는 한층 나아진 커리어를 갖게 되었고, 이후 친구 앞에 나타났다. 아무래도 헤어지면서 받았던 상처를 성공한 모습을 보여주며 처절하게 되갚았던 것 같다. 전 남자친구는 다른 사람과 결혼을 했고 화목한 가정을 이루고 살고 있다. 친구는 전남친의 인스타그램을 수시로 찾아봤다. 찐 행복을 누리고 사는 것 같다며 놓친 전남친 이야기를 수시로 했고, 할 때마다 안타까워했다.

전남친이 신분상승한 사실을 친구 어머님까지 알게 되셨고, 어머님은 친구의 남편 될 사람보다 전 남자친구가 더 괜찮은 것 같다며 후회된다는 말씀을 자주 하셨다. 친구는 점점 머릿속이 복잡해졌고, 남편 될 사람에 대한 확신은 점차 줄어들었다.

친구는 전 남친과 이별하기로 마음먹고는 일사천리로 행동으로 옮겼다. 마치 당연한 일을 하는 사람처럼 헤어지는 단계를 빠르게 진행했다. 전 남친보다 조건이 더 좋은 사람을 만날 수 있을 거란 확신도 있었고, 집안에서도 반대하고 이래저래 마음에 안 드는 점도 있으니, 미련 없이 헤어졌다.

고통스럽겠지만 이별 후유증을 견디고 나면, 또 좋은 사람이 나타나겠지 하고 안일하게 생각했던 것 같다. 그렇게 희망을 가득 품고 새로운 사람을 기다렸다. 그러다가 같은 직장에서 오랜 시간 알고 지내던 현재의 남편을 만났다. 친구보다 직급이 더 낮고, 전 남자친구보다 훨씬 안 좋은 조건을 가진 사람이었다. 친구는 만나면서도 헷갈려 했었다. 결혼하기 전에, 그리고 결혼 후에도 친구 회사 근처에서 퇴근 후 여러 번 만났는데 단 한 번도 현재의 남편과 같이 나오지 않았다.

세상에는 좋은 사람들이 참 많다. 하지만 『어린왕자』의 명대사처럼 내가 좋아하는 사람이 나를 좋아하는 건 기적이다. 게다가 조건까지 좋아야 한다면, 그건 기적조차 뛰어넘은 뭔가를 기대하는 것일지도 모른다.

결혼은 당연히 현실이다. 하지만 좋은 조건이 결혼 생활의 모든 걸 해결해주진 않는다. 결혼할 때 상대의 조건을 우선순위에 두는 사람이라면, 그 부분을 어느 정도는 충족시켜주는 상대를 만나야 된다고 본다. 하지만 친구의 남편 될 사람은 친구의 기준을 조금도 충족시켜주질 못했다.

단순하게 말하자면 난 헷갈리면 일단 정지를 하는 사람이다. 너무나 뻔하지만 잘 생각해보라고 조언을 했다. 확신을 가지고 시작한 일도 위기가 오는 법이고, 더군다나 결혼은 혼자만의 일이 아니니까 더 잘 결정해야 할 것 같다고 했다.

이후 친구는 예정대로 결혼을 했다. 친구의 성격인 건지, 아니면 여전히 아쉽고 헷갈리는지 모르겠지만 아이를 낳고 사는데도 여전히 행복해 보인다 싶은 모습은 보이지 않는다. 그저 해야 할 일을 해내는 사람처럼 보일 뿐이다. 결혼을 결심하고 결혼식을 준비하는 과정 속에서 친구도 남편도 평생의 반려자로 서로를 선택한 것에 확신까진 없었던 것 같다.

그들은 결혼을 하고 싶어 했다. 결혼이라는 제도 속에 소속되고 싶어 했다. 제도 속에 속하기 위한 그들의 조건은 부족할지언정 과하지 않았고, 적당한 편에 속했다. '적당함'이라는 주관적인 기준에 비추어봤을 때 적당히 사랑했고, 적당히 나이도 들었고, 적당히 서로의 집안 수준도 맞았다.

이번 선남은 내 기준에선 단점 만수르라고 했지만, 결혼을 하기 위한 기준에 있어서는 적당한 편에 속했다. 다만 내 기준에서는 선남의 단점은 강력한 한 방 같았다. 내 스스로 만들어낸 허구일지도 모르지만 난 그 허구의 한 방을 묵직하게 맞고 말았다.

어쩌면 빠른 시간 안에 선남들의 강력한 한 방(단점)을 맞아 신속하게 정리하고, 그래서 다음을 준비하는 것이 '적당함'으로 인해 오랫동안 헷갈림을 안고 사는 것보다 나을 수도 있지 않을까 싶었다.

이번 주선자는 친인척으로 당연히 우리 집안과 나에 대해 잘 알고 있는 사람이었다. 선남 역시 친인척과 잘 알고 지내고 있다고 했다. 친인척은 집안도 좋고, 사람도 좋다며 선을 보기 전부터 일이 벌어질 것처럼 분위기를 조성했다.

이번 선남도 직업을 알아야 이야기가 이해되기 때문에 공개하겠다. 선남은 기독교 재단에서 운영하는 고등학교 선생님이었다.

OMG

선남 집안은 절실한 기독교로 친인척이 다니는 교회에서 알게 된 사이라고 했다. 선남을 만나기 전 친구들에게 선남의 정보를 공개하자, "친구들은 쉽지 않겠는데?"라며 서로 입을 맞춘 듯 비슷하게 이야기했다. 선남이 종교에 있어서 본인과 믿음의 크기가 동일한 배우자를 찾으리라는 것이다. 배우자의 조건 면에서 내가 원하는 것보다 선남이 훨씬 견고하고 자세할 것이라며 다들 한 마디씩 얹었다.

친인척에게 말을 듣고 나서 시간이 얼마 지나지 않아서 선남에게 연락이 왔다. 선남과는 우리 집 근처에서 보기로 했다. 서울 지리를 잘 모른다는 선남의 말에 약속 장소를 내가 정하기로 했다. 애매한 시간에 보기로 해서 카페를 골랐다.

점심 먹기엔 늦고, 저녁 먹기엔 이른 시간이니 카페에서 보는 게 딱이었다. 선남이 먼저 자차로 온다는 말을 했기에, 무료로 주차를 할 수 있는 곳까지 찾아서 건네줬다.

주변 사람들의 말을 마음속에 새기진 않았지만, 공통적으로 하는 이야기의 의미는 알 것 같았다. 그래서 이번에도 기대감이 높진 않았다. 선남과 애매한 시간에 만나기로 해서, 예정되었던 저녁 약속을 취소하진 않았다.

약속 당일이 되었고, 선남보다 먼저 약속 장소에 도착했다. 선남으로 보이는 사람이 없었다. 선남과 연락을 주고받을 때, 카톡 프사를 통해 선남의 얼굴을 볼 수 있었다. 먼저 자리에 앉아 선남에게 도착했다는 메시지를 보냈다.

메시지를 보내자마자 선남이 카페에 들어왔다. 선 자리에서 보기 어려운 복장이었다. 선 자리에 나온 건지 동네 편의점에 볼일이 있는 건지 목적을 알 수 없는 복장이었다. 짧게 한숨이 나왔던 것 같다. 그 한숨이 저녁약속을 지킬 수 있다는 안도의 의미인지, 혹시나가 역시나였음을 의미하는 한숨인지는 정확하게 구분할 순 없었다. 어쩌면 둘 다일지도 모르겠다.

선남은 내 얼굴을 모르고 있었기에 내가 먼저 아는 척을 했다. 어색하게 인사를 나누고, 차를 주문하고 대화를 해야 했다. 서로 낯을 많이 가리기도 했지만, 선남이 피곤함과 치열한 전투 중인 것 같았다. 한 가지 주제로 대화를 하다가 다음 주제로 넘어가는 대화 연결이 잘 되지 않았다. 단답형 대화만 계속 이어졌다.

선남은 말재주가 없다며, 대화를 잘 유도하거나 유머러스한 사람이 아니어서 미안하다는 말을 했다. 선남의 미안함은 진심이었다. 솔직하게 감정을 표현하는 게 자연스러워 보였다. 평소 유머러스하고 말을 잘하는 사람을 선호하진 않지만, 이런 상황에서는 그런 사람이 오히려 낫겠다 싶었다.

한참을 뚝뚝 끊어지는 대화를 이어가다가 드디어 한 가지 주제로 정착되었다. 물론 종교에 관한 것이었다. 선남은 나의 믿음의 크기를 슬쩍슬쩍 찔러봤다. 나는 선남의 믿음의 깊이보다는 굉장히 낮을 것이라고 말했다. 선남은 그 깊이가 어느 정도 되는지를 굉장히 궁금해 했고, 더 깊어질 가능성이 있는지에 관한 여부를 몹시 알고 싶어 했다.

이 질문에 대한 답으로 향후의 방향을 결정할 수 있었기에 선남의 궁금증을 해소해줘야 했다. 선남이 듣고 싶어 하는 답은 이미 알고 있었다. 그러나 선남이 원하는 답을 해줄 순 없었다. 서로의 호감을 사기 위해서 선의의 거짓말을 해선 안 되는 자리이다. 또 솔직하게 의사를 표현하는 것이 진정으로 서로를 위하는 것이라고 생각했다.

나는 주일 예배를 지키려고 하지만, 의무적으로 꼭 해야만 하는 믿음이 지금은 안 되는 것 같다고 했다. 선남은 처음부터 그랬냐는 질문을 했고, 나는 어릴 적에는 교회 가는 것을 좋아했고 그때는 주일을 지키는 것은 당연한 의무라고 생각했다고 대답했다. 그러다가 점점 바빠져 피곤하다는 핑계로 평일에 쌓인 피로를 해결하기 위해서 주일에 늦잠을 자기 시작하면서 조금은 멀어진 것 같다고 덧붙였다.

꼬리를 물 듯 선남은 개선의 의지가 있냐고 질문했다. 나는 개선보다는 믿음이 더 강해질 계기나 사건을 기다리고 있는지도 모르겠다고 했다. 한마디로 현재의 상태를 유지하게 될 것 같다는 말이었다.

선남은 허탈해 하는 모습을 보였다. 원하던 대답이 아니었을 것이다. 선남이 원하는 대답을 알고 있지만 해줄 수는 없었다. 항상 선 자리에서는 그 어떤 사소한 거짓말도 하지 않으려고 했다. 절대적으로 솔직하게 진실만을 말하려고 했다.

선남은 믿음에 관한 이야기를 계속 이어갔다. 친한 여사친 선생님이 있는데, 최근에 너무 힘들어 한다고 했다. 얼마 전 공고 남학교로 부임을 받았는데, 시간이 지날수록 아이들이 자퇴를 하거나 무단결석을 하면서 학생 수가 눈에 띄게 점차 줄었다는 것이다. 학업에 관심이 없는 아이들이 많아서, 수업을 해도 집중해서 듣는 아이가 몇 명 되지 않는다고 했다. 열심히 수업을 준비해도 의미 없는 것만 같고, 심지어 학생들이 수업 중에 여사친을 놀리기도 하니 정글에 버려진 희생양 같다는 것이다. 학교 가는 것도 싫고 이 직업을 진정 원했던 게 맞나 회의감이 늘어갔고, 점점 무기력증도 심해져서 어떻게 해야 할지 모르겠다며 고민을 털어놨다고 했다.

궁금했다, 과연 선남이 어떤 해결책을 말해줬는지. 뭐라고 대답해줬냐고 물어봤지만 답은 듣기 전부터 이미 알고 있었다. 선남의 해결책은 "기도해"였다. 그래서 여사친은 뭐라고 했냐고 물어보니 "그럼, 그래야지"라고 말했다는 것이다.

선남은 당연한 일처럼 확고하게 말했다. 그 상황에서 할 수 있는 답변으로는 그만한 게 없다는 것 같았다. 두말하면 입 아플 정도로 선남에게는 당연한 말이었던 것이다. 마치 한일전 축구를 할 때 "무조건 이겨야지!"라고 하는 것처럼 당연했다.

선남이 말을 시작하기 전에 "친한 여사친"이라는 수식어를 붙여서 말을 했다. 선남을 잠깐 봤지만, 친하다는 수식어를 붙여서 말을 할 정도면 꽤나 친한 사이에 속하는 사람에게만 하는 호칭 같았다. 친한 사람이 너무 고민이 깊어서 잠도 잘 못 자고 직업에 대한 회의감도 심한데 "기도해"라는 말로 위로가 될지, 그게 정답에 가까운 조언인지 의아했다. 그게 종교에 대한 믿음이 깊고 얕고의 차이인지는 모르겠지만, 나로서는 조금도 이해되지 않았다.

나였다면 조금 더 현실적이고, 어떻게든 직접적으로 해결을 해줄 수 있는 부분을 이야기해줬을 것 같다. 물론 실질적인 해결책을 제시한다고 해도 결정을 하는 건 당사자의 몫이지만 그래도 조금이라도 숨통이 트일 만한 이야기를 해줬을 것이다. 뻔하지만, 너무 신경 쓰지 마라, 할 도리만 하고 퇴근하고 취미 생활을 가져라, 운동을 해봐라 등 누구나 할 수 있는 이야기라도 했을 것 같다. 물론 "기도해"라는 말에 "그럼, 그래야지"라고 대답할 정도면, 여사친을 잘 알고 있기 때문에 그럴 수 있었을 것이다.

선남과 선남 주변에 있는 사람들과 비교해서 나의 믿음의 깊지 않기 때문에 아마 선남은 바로 알아차렸을 것이다. 선남이 찾고 있던 사람은 내가 아니라는 것을. 그럼에도 선남은 계속해서 가능성이 있는지를 확인하려고 했다. '조금이라도 있다면 내가 도와줄게'라는 의지를 보여주었다.

선남과 선을 보기 전에 주변 사람들에게 들었던 말이 계속 생각났다. 선남이 찾는 사람은 내가 아니었다. 선남과 나의 믿음은 너무나 차이가 있었다. 선남과 선을 보는 내내 선남에게는 처음부터 원하는 사람이 있다는 생각이 들었다. 믿음의 크기가 어느 정도 맞는 사람을 찾고 있다면, 처음부터 믿음이라는 전제조건에 맞는지 여부를 확인하려 했다면, 이 선자리는 성사되지 않았을 것이다.

선남은 집에서 두 시간 정도 떨어진 곳에 위치한 교회에 주일마다 가서 예배를 보고, 거의 하루 종일 교회에서 시간을 보낸다고 했다. 주일마다 왕복 네 시간을 운전하고, 교회에서 다양한 모임을 가지고 교회 일을 해내고 있었다. 현재의 나의 믿음으로는 그런 일상을 살아낼 자신이 없다. 지금보다 훨씬 큰 믿음이 생긴다고 해도, 과연 그렇게 살 수 있을지 의문스럽다.

선남과의 만남을 마무리하고 일어나는데 선남이 많이 아쉽다는 말을 했다. 그 말에 담긴 많은 의미가 다 이해되었다. 카페를 나서면서 선남이 주차한 주차장까지 데려다주었다. 선남과 헤어지고 저녁 약속에서 한참 우울해 했던 걸로 기억한다.

부모님께 말을 전했고 이후 친인척에게 연락이 왔다. 선남이 나를 마음에 든다고 하니, 내 마음을 돌리라는 것이다. 병뚜껑도 아니고, 사람 마음을 어떻게 한 번에 돌릴 수 있단 말인가.

그 정도 얘기했으면 충분했는데 친인척이 말을 덧붙였다. 내 정도에 선남 정도면 충분하지 뭘 그렇게 따지냐며, 뭐가 그렇게 대단하기에 팅기느냐는 말을 하고 있었다. 잊히지 않았다. 〈킬빌〉의 우마 서먼도 아닌데 복수하고 싶었다. 친인척은 나보다 교인인 선남을 더 아끼는 건지, 도대체 어떤 의도인 건지, 기분이 상했다. 이후 그 친인척은 나에게 찍혀서 데스노트는 아니지만, 나만의 블랙리스트에 올라갔다.

"나 정도 되니까 따지고, 나 정도는 훌륭하지"라고 말해줄 날을 위해 칼이 아닌 타자를 두드렸다. 그런 날이 오면 보다 멋지고 근사한 모습으로 살고 있는 걸 보여주고 싶었다. 그 날을 위해 무던히도 견디고 버티며 살았다. 그 누가 뭐래도 꿋꿋하게 걸어갔다. OMG 내가 이렇게 잘되다니! 감탄하는 날이 올 테니까.

이번 스토리가 선을 본 마지막 이야기다. 결론부터 말하면 이번 선남이 해피엔딩의 주인공이 아니다. 결국 선으로는 결혼 상대를 만나지 못했다. 동화 속 해피엔딩처럼 '이렇게 저는 제 인생의 반려자를 만났고, 행복하게 살고 있습니다!'로 마무리를 짓고 싶었지만 끝내 그런 결과를 받지는 못했다.

끝이 나야 정말 끝이다. 수험생은 시험을 준비하는 동안 수많은 고통과 인내를 참고 견디며, 힘든 시간을 보낸다. 하지만 그 시간이 아름답게 빛을 내려면 결과가 중요하다. 원하는 결과를 만들어냈을 때 비로소 과정도 아름답다.

아름답고 싶었다. 아름다운 결과로 인해 과정마저 아름다울 수 있도록 아름다운 스토리를 함께 싣고 싶었다. 그렇게 하고 싶어서 글을 쓰기 시작했을지도 모른다. 나의 바람과 염원을 담아보고 싶었다. 어떻게 해도 안 되니까 내가 직접 나의 이야기를 쓰다 보면 좋은 일도 생길 수 있겠지 하는 간절한 희망을 담고 싶기도 했다.

엄마의 주선으로 선의 끝을 장식하게 되었고, 더 이상 선은 안 보게 되었다. 부모님도 선을 통해서는 이 지긋지긋한 여정이 끝나지 않을 것 같다는 느낌을 받으셨다. 선을 보는 동안 적어도 한 명은 조금이라도 마음에 드는 사람이 나와야 하는 법인데, 단 한 명도 나오질 않으니 어쩌면 당연한 결과이다.

덫에라도 걸린 것처럼 어떻게 해도 안 되는 것 같은 느낌은 시간이 지날수록 강해졌고, 그 느낌을 그대로 받아들이기로 했다. 그러자 너무 후련해졌다. 그동안 끙끙거리며 어떻게든 풀어보고자 했던 난제를 깔끔하게 포기하게 되었다.

끝!

마지막 선남의 프로필을 전달받았을 때, 정말 최고조로 나가기 싫었다. 극도로 예민해졌고, 부모님과도 살얼음판을 걷듯 서로를 조심하며 피했다. 싸울 준비가 된 싸움닭처럼 뭐 하나라도 걸리기만 하면 있는 힘껏 부리로 쪼아주겠다는 자세였다.

간단하다 못해 정보가 거의 없는 선남의 프로필을 전달받았다. 화는 났지만 금방 잊어버렸다. 엄마의 말로는 선남이 최근에 축구를 하다가 다리를 다쳤다며, 괜찮아지면 연락을 할 것이라고 했다. 이번에도 귓등으로만 들렸고 귓속까지 들어가지 않았다.

선남은 기계설비 부서로 엔지니어 쪽 일을 하고 있는 공무원이고 같은 동네에 나이도 비슷하니 한번 만나보라는 이야기를 다시 한 번 들었다. 선남에 대해 이야기를 들은 지 얼마 안 돼서 선남에게 연락이 왔다.

초등학생 저학년 조카와 메시지를 주고받는 게 아닐까 싶을 만큼 거의 모든 맞춤법이 틀렸다. 그것도 우울할 만큼 심각하게……. 이번이 찐이다. 이때 마음속에 확신이 들기 시작했다. 선에 조금의 미련도 남기지 않도록, 빈틈없는 최악의 선남이 미리 준비되어 있는 듯했다.

몇 번 메시지를 주고받으면서 뒤에 소개될 만남까지도 가지 않은 치명적인 찌질남(212쪽)의 향기가 많이 났었다. 같은 주선자로부터 만남이 성사되었고, 이름도 비슷했기에 엄마에게 다시 한 번 확인을 요청하기도 했다. 같은 사람처럼 느껴지는데 정녕 아닌 건지 엄마에게 확인을 부탁드렸다. 엄마는 확고하게 아니라고 하셨지만 만나지도 않았는데 이미 본 것만 같았다.

코로나가 최고치를 갱신하던 무렵에 선을 보기로 했는데, 사람들이 밀집된 전철역 입구에서 보자는 연락이 왔다. 선남이 보자던 전철역 입구를 나도 잘 아는데, 만남의 광장 같은 곳이다. 장소 선택이 위험하다는 생각이 들었다. 그리고 사람들이 북적거리는 곳에서 어색하게 인사를 나누며 쭈뼛쭈뼛거리는 모습을 보이는 게 싫었다.

장소를 변경하고 싶었다. 이번에는 실행에 옮겼다. 한여름 폭염에 길바닥에서 보자는 제안을 하던 치명적인 찌질남이 떠올랐다. 그때 경험을 살려서 침착하게 대처하기로 했다. 저번과는 다르게 이번에는 선남을 설득했다. 지금 코로나가 심각해서 사람들이 밀집되어 있는 곳에서 보는 건 위험할 것 같으니 조금이라도 안전한 곳에서 봤으면 좋겠다고 메시지를 보냈다. 그러자 "그럼 어디?"라며 반말 모드로 메시지가 왔다. 맞춤법 틀리는 것도 위험한 곳에서 만나자고 했던 공격도 막아냈는데, 반말이라…… 이건 어이없었다.

선남과는 저녁시간에 보기로 했는데, 카페에서 보는 것이 좋을 것 같았다. 선남에게 장소를 선정해서 제안했고 거기서 보기로 했다. 엄마에게 선남의 프로필을 전달받은 날부터 잠이 안 와서 평소보다 수면 시간이 반 토막 났다. 너무 나가기 싫었고, 최대한 냉정하게 반응하고 싶었지만 그렇게 되진 않았다. 그 어떤 것도 소용없었다. 나가야만 했다.

선남의 프로필을 전달받은 이후 매일 잠들기 전, 선남이 제발 먼저 약속을 취소해주길 기도했다. 이토록 나가기 싫었던 적은 없다. 수능 점수가 발표된 날도, 긴 휴가 동안 신명나게 놀다가 와서 다음 날 출근해야 될 때도 이 정도로 피하고 싶진 않았다. 그동안 살면서 피하고 싶고, 숨고 싶었던 모든 순간들을 합쳐도 이보단 괜찮았다.

약속 당일이 되었고, 그날도 난 화가 나 있었다. 왜인지 화가 났다. 이 모든 게 화가 났다. 약속 당일 30분 전까지도 심각하게 나가기 싫었다. 약속 시간에 1분이라도 더 일찍 가고 싶지 않기에 정확하게 시간을 맞춰서 출발했다.

그러나 오랜만에 신은 구두는 발가락을 죄여왔고, 아팠다.

걸음이 느려지기 시작했다. 시간을 계산해서 출발했는데, 늦을 것 같았다. 늦고 싶지 않아서 뒤꿈치를 한껏 들고 뛰기 시작했다. 발가락은 더욱 죄여왔고, 구두 속에 물집을 느낄 수 있었다. 그래도 뛰었다.

선남은 약속 시간보다 조금 일찍 도착을 했는지 약속 시간 5분 전 연락이 왔다. 만나기로 한 카페가 문을 닫았다는 것이다. 카페는 얼마 전에 리모델링을 하면서 거리두기가 잘되어 있는 곳이어서 선택했는데, 문이 닫혀 있다는 것이다. 선남의 연락을 받고 더 가열하게 발을 움직여 약속 장소에 도착했다. 약속 시간보다 2분 늦었는데, 선남으로 보이는 사람이 없었다.

전화를 걸어서 선남의 위치를 파악했다. 바로 뒤에 선남이 서 있었다. 바지를 심하게 치켜 올려 입어서 엉덩이 라인이 그대로 드러났고, 개인적으로 싫어하는 클러치를 자연스럽게 겨드랑이 안쪽에 야무지게 끼고 있었다. 짧은 스포츠머리에 셔츠는 단추 사이사이가 죄다 벌어져 있었다.

늦어서 미안하다는 말을 하며 어색한 인사를 나누고 자리를 이동하기로 했다. 영업을 중단한 건지 확진자가 나온 건지 알 수 없었지만 카페 문이 굳게 닫혀 있었다. 바로 맞은편에 위치한 카페로 자리를 옮겼다. 뛰어오느라 땀이 범벅이 되었고, 카페 카운터에서 에이드를 주문하고 자리에 앉았다. 선남이 주문한 음료를 가지러 가는데 다리를 절뚝거리는 게 아니라 다리를 절었다.

순간 엄마에게 전달받은 내용을 깜빡 잊어버렸다. 선남이 축구를 하다가 다리를 다쳐서 만남이 미뤄졌던 사실을 깨끗하게 잊어버렸던 것이다. "다리 다치셨나 봐요?"라고 했다. 그러자 선남이 "티 나요? 많이 티 나요?"라고 말했다.

티 난다? 많이 티 나냐? 왜 저렇게 말하지, 싶었다. "티 나냐?"라고 물어보는 건 무언가를 잘 감추었는지 물어볼 때 쓰는 말 아닌가? 왜 티 난다고 말할까? 꽁꽁 숨겨뒀는데 나한테 들킨 건가 싶었다. 선남이 다리를 다쳤다고 전달받았던 말이 생각났고, 그게 아닌가? 다친 게 아닌 건가? 싶었다. 두통이 올만큼 머리가 아파졌다. 정말 두통이 시작되었고, 선 자리 내내 두통이 있었다.

선남은 축구를 하다가 다쳐서 수술하고 두 달간 쉬었다고 했다. 지금은 치료가 끝났냐는 내 질문에 다 끝났다고 답변했다. 열린 결말 미스터리 영화를 본 것처럼 찝찝했다.

선남은 거의 자리에 앉자마자 하마처럼 하품을 하기 시작했다. 나와 아이 컨택을 하고, 얼굴을 정면으로 한 채 아무런 거리낌 없이. 여러 개의 어금니는 금으로 씌웠음을 알 수 있었다. 어금니까지는 보여주지 않아도 되는데, 입속까지 보여줬다. 개념도 바지처럼 너무 치켜 올려서 숨통이 끊어진 것 같았다.

하고 싶은 말도 할 말도 너무나 없었다. 며칠 동안 잠을 설치다가 긴장이 풀리자 너무나 피로해졌고, 기 빨리는 느낌이었다. 그동안 이런 일이 일어나기 전 전조 증상이 일어났던 것 같다. 선남과 형식적이고 뻔한 질문들이 오고 갔다.

그러다 선남은 느닷없이 대학을 나왔냐고 물어봤다. 그렇다는 질문에 선남은 대학 안 나왔다며, 공고 나와서 바로 취업했다고 했다. 취업을 빨리 했네요, 라고 말하자 고3 돼서 수업 몇 번 안 가고 바로 취직했다고 대답했다. 갑자기 전달받은 정보가 맞는지 의심이 들기 시작해서 하는 일이 뭐냐고 물었는데 선남은 운전병이라고 했다.

순간 운전이라는 단어가 내가 평소 알고 있는 운전인지 헷갈리기 시작했다. 그 헷갈림이 바로 몸으로 표현되었다. 핸들을 잡은 것처럼 양손을 올려 운전하는 것 같은 포즈를 취하며 "운전이요? 유전?"이라며 질문했다. 그러자 선남의 얼굴이 일그러지기 시작하더니, 그렇다며 그 운전이라고 했다. 그러더니 바로 자세를 삐딱하게 틀고 느긋하게 다리 한쪽을 올려 다리를 꼬고 앉아서, 시건방을 떨며 말을 하기 시작했다. 최대한 작정하고 재수 없게 하려고 했던 것 같다.

선남이 내게 뭐라고 알고 나왔냐고 물어봤다. 기계설비 쪽으로 엔지니어라고 알고 있다 했더니, 본인은 운전한다고 했다. 운전과 차 관리하는 일이라고 했다.

운전을 한다고 비하하거나 하찮게 생각하지 않는다. 내가 누군가를 비하하고 낮게 볼 수 있는 입장이 안 된다. 다만 이번에도 전달받은 정보가 달랐다. 마지막까지. 소통을 하던 과정에서 오류가 있었던 건지, 누군가가 작정하고 속인 건지 궁금했다.

궁금증은 선남의 입을 통해서 바로 풀리게 됐다. 선남의 말로는 주선을 해주신 분과 어릴 때부터 너무나 잘 알고 지내던 관계로 집안 숟가락 젓가락 개수를 알고 지낼 만큼 각별한 사이라고 했다. 잘 알고 지낸다는 말을 거듭 강조하면서, 아마 선남이 하는 일을 모르진 않을 거라며, 확인을 해보라는 말을 건넸다. 일단 주선을 해주신 분을 조사해볼 필요가 있을 것 같았다.

이후 선남의 빈정거림은 계속되었다. 대화를 나누던 중에 내가 어학연수를 다녀온 곳에 대한 이야기로 초점이 맞춰졌다. 그 나라에서 유명한 패딩을 이야기하면서 그거 샀냐고 물어봤다. 비싸기도 하고 좋아하는 디자인이 아니라서 안 샀다고 했더니, 거기서는 얼마에 파냐 왜 안 샀냐고 몇 번이나 캐물었다. 선남은 샀다는 것이다. 결국 이 얘기를 하고 싶었구나 싶었다. 기다리고 기다리던 이야기를 할 수 있어서 기뻐하던 모습이 눈에 선했다.

삐딱하게 앉아서 최고조로 재수 없게 말하던 선남의 표정과 손짓을 보고 분노가 끓어올랐다. 선남은 마치 알람이라도 맞춰놓은 것처럼 하품을 해댔다. 고개를 정면으로 하고 눈은 나를 바라보며 입을 쩌억 벌려댔다. 순간 진짜 화가 났다.

"하품이 계속 나오네요. 긴장 안 하는 성격인가 봐요"라고 낮고 나름 근엄하게 말을 했다. 그러자 선남은 무안한 듯 얼굴 표정을 가다듬으며 "아니, 아니에요" 하며 멋쩍어 했다. 선남은 그런 사람이었다. 속에 있는 말을 육성으로 내뱉는 사람. 회사생활하면서 그런 사람을 처음 봤다. 처음에는 굉장히 충격적이었다. 그런 사람에게 적응하는 데 시간이 오래 걸렸던 기억이 되살아났다.

같은 회사를 다니던 타부서 직원이었는데, 회의시간에도 속에 있는 말을 그대로 내뱉었다. 가령, "일을 하겠다는 거야, 말겠다는 거야. 나만 일하나? 저 사람은 오늘 옷을 왜 저렇게 입고 왔대? 더 뚱뚱해 보이는데? 생긴 게 너무 웃긴데?" 분명 마음속에만 존재해야 될 것 같은 말들을 세상 밖으로 밀어냈다.

나중에 알게 된 사실이지만, 그 직원은 조현병을 앓고 있었다. 마음의 병을 앓고 있던 그 직원과 흡사하게 선남도 본인 마음속 말을 공유해주었다.

"아니, 나만 말하니까 졸리네. 말을 너무 안 하네. 말하기 싫은가?"라며 속의 말을 그대로 끄집어냈다. 순간 소름이 돋았다. 저 말을 지금 이 자리에서 하는 게 맞나? 선남의 말을 되감기로 돌려서 이해해보려고 했다. 내가 졸리게 했다고? 그동안 나눈 대화는 뭐야? 나 혼자만의 속삭임인가? 선남을 만나고, 이 말을 듣기까지 내가 했던 행동을 되짚어봤다.

이렇게 날 열 받게 할 만큼 내가 실수하고, 잘못했던 것일까. 운전하는 시늉을 했던 게 문제였을까? 그러기엔 본인은 너무 잘 풀렸고, 이 정도면 성공한 인생이라는 말을 연속적으로 했는데 그저 뒤틀어진 자격지심의 표출인 건가. 오른쪽 눈끝이 시릴 만큼 두통이 심해져갔다.

어이없었고, 짜증 났고, 열 받았지만, 속은 시원했다. 조금도 미련이 남지 않았고, 오히려 기분 좋은 마무리 같았다. 조금이라도 여지를 주는 사람이 나왔다면, 나도 부모님도 다시 시도했을지도 모른다. 확신했다. 또 다른 만남, 다시, 한 번 더, 이런 건 이제 없다.

선남은 하품을 연신 해댔고, 뻐딱한 자세를 유지하며 치켜 뜬 눈으로 나를 보던 선남이 밥 먹으러 가자고 제안했다. 시계는 저녁 여덟 시 십 분을 가리키고 있었고, 어디든 바로 가서 식사를 하면 바로 할 수 있었을 텐데, 그러고 싶지 않았다. 그동안 평소 선 자리에선 "노우!"를 단 한 번도 외치지 않았다. 하지만 이번엔 달랐다. 왜냐면 마지막이니까.

식당이 아홉 시면 문 닫으니까 촉박해서 못 갈 것 같다고 했다. 선남은 다음을 기약하면서 자리를 나왔다. 선남이 조금이라도 데려다주겠다며 함께 길을 걷는데, 선남의 다리는 심상치 않아 보였다.

선남과 헤어지고 나니 그동안 묵혀둔 한숨이 나왔다. 그 한숨은 단지 그날만 쌓아두었던 게 아니었다. 그간 모든 서

러움이 한숨으로 변해 깊게 터졌다. 집으로 돌아가던 중 다이소에 들러 삼선 슬리퍼를 사서 신발을 바꿔 신고 집으로 걸어가는데, 전쟁에서 돌아온 용사 같은 느낌을 받았다. 구두를 손에 든 채로 어깨 위에 손을 얹자, 드디어 모든 일을 다 끝마치고 큰일을 다 해낸 기분이었다.

집에 거의 도착을 했을 무렵 선남에게서 연락이 왔다. 집에 잘 들어갔냐며, 다음에 보자는 말을 했다. 대답을 안 했다. 전화 끊고 바로 메시지가 왔다. "밥 언제 먹을까요?"라는 메시지에 마지막이니까 정성을 들여서 답변을 보냈다. 결국 싫다는 이야기지만, 좋게 포장해서 리본도 달고 향수도 뿌려서 보냈다. 선남의 대답은 없었다. 메시지를 먹었다. 맛이 있었으면 좋았을 텐데, 어땠는지 모르겠다.

마지막이라 후련할 줄 알았는데, 생각보다 여파가 좀 있었다. 우울했다. 잠도 잘 안 왔다. 엄마에게 마지막 선남과의 선 자리 리뷰를 하면서 유난히 눈물이 많이 흘렸다. 이야기를 듣고 엄마는 화를 많이 내셨고 엄마와 주선자의 관계는 멀어졌다. 평소 주선자가 엄마를 질투했다고 했다. 그런데 그걸 왜 딸한테 풀었는지 모르겠다며, 엄마도 한동안 속상해 하셨다.

그 사건 이후로 부모님과의 관계는 더 좋아졌다. 부모님이 그저 골치 아픈 딸 빨리 혹 떼어내고 싶어서 안달 난 것만 같앉는데 그냥 모든 게 다 이해가 되었다.

사실 처음부터 다 이해하고 있었다. 그럼에도 이해하고 있는 모습을 보이고 싶지 않았다. 그런 모습을 보이면 지는 것 같았다. 못마땅하고 불편한 모습을 유지하면 조금은 안 지는 것 같았다. 부모님을 다 이해하고 다 알고 있다는 모습을 보이면 현재의 내 모습을 인정하는 것 같았다.

그래서 선을 보고 오면 현실을 부정하고자 한없이 발버둥을 쳤다. 이런 사람을 만나는 건 내가 밑지는 장사인 것 같은데, 인정을 못 받는 것 같았다. 나는 한없이 손해 보고 있는데, 부모님은 현상유지를 잘하고 있는데 왜? 라며 오히려 반문하는 것 같은 현실이 싫었다.

그런데 이번에 느꼈다. 부모님도 내가 밑지는 장사를 하고 있다는 걸 처음부터 알고 있었고, 그게 속상해서 어떻게든 내 장사가 잘되게 하고 싶으셨던 것이다. 내 장사를 대박 나게 하고 싶다. 대박치고 싶다.

만약 살면서 어떤 선택을 해야 하는데 제비뽑기로 결정을 해야 된다고 한다면, 그 제비뽑기 통 속에는 꽝도 있고, 당첨도 있고, 좋은 것도 있고, 나쁜 것도 있고 여러 가지가 섞여 있을 것이다. 내 의식이 어느 정도 나라는 존재에 대해 인식을 하고 있던 무렵부터 선택의 순간에 내가 뽑았던 제비는 뽑는 족족 꽝이었던 것 같다.

이렇게까지 안 될 일은 아닌 것 같은데, 지하 밑바닥에 주저앉게 할 만큼 너무 안 되었다. 너무 안 돼서 내 태생은 지하인가 싶을 정도였다. 그러다 이 책을 쓰면서 이제 내 제비뽑기 통에 남아 있는 건 좋은 것만 가득하다는 사실을 깨닫게 되었다. 이미 꽝을 다 뽑아버렸기 때문이다. 비록 선을 통해서 선남이 나만의 Sun남(썬남)을 만나진 못했지만 다행히도 다른 방법으로 찾을 것 같은 기분 좋은 예감이 든다.

만나기도 전에
끝났던 이야기

아무래도 나이가 있다 보니 주변에서 소개팅 해줄게, 혹은 괜찮은 사람 아는데 만나볼래? 등의 이야기를 자주 듣곤 했다. 이번 이야기는 만남이 있기 전에 끝났던 해프닝이다.

이번 에피소드 역시 직접 겪었던 일들로, 짧은 에피소드이다.

철수와 영희가 살고 있었다. 철수와 영희는 교과서에서만 만나볼 수 있는 존재들이다. 그리고 교과서 속에 있을 때 더욱 아름다운 존재들이었다. 그런 철수와 영희를 굳이 세상 밖으로 끌어내 연인으로 만나게 해주고 싶어 하던 사람이 있었다.

전 직장 동료 : 주선자
철수 : 남성
영희 : 나

주선자는 철수에 대해서는 아는 게 전혀 없었다. 그저 이름이 철수고 남자라는 것밖에는 몰랐다. 그렇다고 영희에 대해서 제대로 알고 있는 것도 아니었다. 그런데도 주선자는 철수와 영희가 너무나 잘 맞을 것 같다며 만나게 해줘야겠다는 굳은 신념을 가지고 있었다. 철수와 영희는 각자 교과서에서만 존재하는 게 좋을 것 같다고 했지만, 주선자의 의지는 강했다. 무식한 사람이 신념을 가지면 무서워진다고 했다. 이번 이야기를 짧게 비유해서 요약해보면 대략 그렇다.

철수와 영희

주선자에 대해 짧게 소개를 해본다면, 직장동료였고 나와는 다른 부서에서 근무했다. 나와는 나이 차이가 좀 있었는데 어렸다. 주선자는 평소 한량이라 불릴 만큼 회사 생활을 성실하게 몰입해서 하는 직원은 아니었다. 그렇다고 주선자의 결점들을 다 덮어줄 만큼 능력이 있는 것도 아니었기에, 회사 내에서 잡음이 많았다.

하지만 한량이 상대적으로 괜찮은 사람처럼 보일 만큼 그 회사는 인성에 문제 있는 직원들이 집중적으로 몰려 있던 곳이었다. 그래서 주선자가 보통 사람처럼 보이는 착시현상이 있었다. 이게 실수였다. 주선자를 주의 깊게 생각해본 적이 없었다. 이 작은 실수가 나비효과처럼 엄청난 영향을 미치게 되었다.

주선자에게서 어느 날 연락이 왔다. 아는 사람이 있는데 지금 솔로면 소개해주겠다는 것이다. 하지만 간단한 인적 사항이나 정보는 하나도 전달해주지 않았다. 목마른 자가 우물을 파야 하는 법이라 했던가. 하나씩 물어봐야 했다.

나 : 뭐 하는 사람인데?

주선자 : 몰라.

나 : 응?

주선자 : 그건 서로 만나서 물어봐.

나 : 네가 알고 있는 건 뭔데?

주선자 : 내가 다니는 회사에 같은 건물에서 일하는 사람이라는 정도?

나 : 그거 외에는 아는 게 없는 거야?

주선자 : 응.

나 : 근데 왜 갑자기 소개팅 이야기가 나온 건데?

주선자 : 내가 출근해서 주차하다가 옆 차를 살짝 긁은 거야. 그래서 차 주한테 전화를 했어. 주차하다가 차를 긁었는데 미안한테 나 와서 차를 한번 확인해보라고 했어. 차주가 나와서 차를 보더 니 괜찮다고 하는 거야. 이 정도는 괜찮다고 안 미안해도 된다 고 하면서, 그렇게 미안하면 소개팅이나 한번 시켜달라고 했 는데, 언니가 떠올랐어. 언니 생각하는 사람은 나밖에 없지? 어때 관심 있어?

　　순식간에 머리끝까지 화가 치밀어 올라왔다. 주선자와는 카톡으로만 이야기를 나눴다. 회사에서 업무를 보고 있었는 데, 감정을 주체하기 너무 어려웠다. 분노를 내리누르느라 눈은 벌겋게 충혈이 되었다.

나 : 네가 주차하다가 옆 차 긁어서 잠깐 봤던 차주랑 소개팅을 한다
   고? 네가 남의 차 긁고 민망하니까 네 체면 차리려고 내 얼굴 팔
   려는 건 아니고? 이게 무슨 소개팅이야? 너 소개팅이 뭔지는 알아?
   그 사람 이름은 알아? 나이는 알고?

주선자 : 남녀 연결해서 보게 해주면 소개팅이지 뭐가 이렇게 거창해?
   이름은 모르겠고 나이는 40대 중반 정도 되었을걸?

   당시 난 서른세 살이었고, 사귀던 남자친구와 헤어지고 후
유증이 남아 있던 상태였다. 좋은 감정으로 헤어진 건 아니
어서 상처가 꽤 컸는데, 주선자는 그 과정을 어느 정도 보았
기에 상당 부분 알고 있었다.

나 : 그럼 나랑 띠 동갑 정도 되네. 도대체 네가 뭔데 나한테 이렇게
   막 대하는 거냐? 지금 네가 뭐 하고 있는 건지도 모르지?

주선자 : 아……, 이래서 노처녀 히스테리라고 하는 거구나.

나 : 뭐?

주선자 : 됐고 싫음 말아.

나 : 싫고 말고 뭐가 있어. 넌 처음부터 가볍고 장난 같았던 거잖아. 이
   게 날 위한다고 생각해? 아침에 주차하다가 이런 일이 있었어. 정
   도로 얘기하고 넘어가면 되는 일이지, 진짜 소개팅을 주선해줘야겠
   다고 생각했어? 너 그렇게 주변에 사람이 없어? 그런 얘기를 들은
   것만으로도 기쁘고 그래서 보답을 꼭 해줘야겠다 싶은 거야? 나 지

금 되게 열 받았는데, 왜 열 받았는지 모르지?

주선자 : 그래, 나 인간관계도 안 좋고 사람도 궁해. 근데 내 입장에서
는 너무 좋았을 것 같은데, 언니가 너무 따진다고는 생각 안
해? 뭐가 이렇게 어려워? 그러니까 그딴 놈이나 만나고 상처
받고 그러고 사는 거지. 됐어. 앞으로 연락하지 마.

그러고는 차단을 해버리고 나갔다.

분노가 올라왔고, 억울했다. 대체 왜 이런 일이 벌어지게
되었을까. 주선자는 왜 이렇게까지 날 하대하는 것인지 되감
기를 하듯 그동안의 일들을 되짚어보고 또 돌려봤다.

그렇게 아무나하고 연결해줘도 "그래, 너밖에 없다. 고맙
다"라고 했어야 했다. 주선자가 보기에 나의 상태가 그토록
처참한 상태였던가 싶었다. 그 어떤 슬픈 영화보다 슬펐고,
억울했다. 당시에 겪었던 슬픔은 글로 표현이 되지 않는다.
나의 표현력이 한스럽다.

일정 시간이 지나고 나서 그저 일어날 일이 일어났다고 생
각이 들었다. 단지 전혀 준비되지 않은 상태에서 일어난 일
이기 때문에 당황했던 것뿐이다 싶었다.

그다음으로는 주선자와 했던 모든 것들이 아까웠다. 그동
안 주선자에게 사준 밥값도, 같이 밥을 먹었던 시간도, 주선
자와 함께 보낸 모든 것들이 헛짓거리로 느껴졌다. 단 한 번
도 제대로 이용하지 않는데 매달 꼬박꼬박 나가는 정기구

독료 같았다.

회사에서 출근한 지 얼마 안 돼서 일어난 일이라 평정심을 찾기 어려웠다. 주체하지 못하는 분노를 참느라 턱관절에서 통증이 느껴졌다. 한참 시간이 지나고 나서야 겨우 진정이 되었고 친구들 단톡방에 대화 내용을 캡처해서 올렸다. 조금 전에 이런 일이 있었는데, 이게 노처녀 히스테리에 속하는 거냐는 질문과 함께 나도 이제 노처녀 대열에 합류하게 된 거냐며 절규에 가까운 심정으로 물어봤다.

감사하게도 친구들은 껌을 씹듯 잘근잘근 그 주선자를 씹어주었고, 적극적으로 위로를 해주었다. 당시에 친구들도 조금씩 그런 이야기를 듣기 시작하던 무렵으로 서로가 서로에게 위로를 해주며 전우애가 깊어져 가던 시기였다.

평소 SNS 활동을 활발히 하던 친구가 본인 인스타에 주선자와 나의 이름을 모자이크한 캡처본을 올리면서 이제 인플루언서 되는 건 시간문제라며 큰 위로를 해주었다. 실제로 한동안 댓글 반응이 폭발적이었다고 했다.

당시에는 단지 소개팅에 관한 문제뿐만 아니라, 인간관계에 있어서도 처음 겪어본 상황이었다. 나의 의도와는 전혀 다르게 인간관계가 흘러가기도 한다는 것을 처음 겪어본 것 같았다.

이 사건을 계기로 노처녀 히스테리가 이제 더 이상 남들의 이야기가 아니라 나의 이야기라는 걸 알게 되었다. 난 단지 싱글이고 내 할일을 묵묵히 해내고 있었는데, 갑자기 이유 없는 무차별 공격을 받은 것 같았다. 서럽고 서글펐다. 그것도 싱글이라는 이유 하나만으로 밑도 끝도 없는 수모를 참아야 했다.

독신주의자가 아닌, 나이 많은 미혼 여성으로 대한민국에서 살아가면 많은 걸 인내해야 할 상황이 생긴다. 어떠한 상황에서도 감정이 동요되어선 안 되고 이런 부분이 잘 수련되어 있어야 한다. 만약 그렇지 않다면 배우처럼 명품 연기라도 해야 한다.

그 어떤 것에도 크게 반응하지 않는 해탈한 사람처럼 감정을 잘 관리해야 한다. 특히 분노가 올라오고 치욕스러운 순간에도 너는 짖어라 나는 안 들으련다, 라는 연기를 사유자재로 구사할 줄 알아야 한다. 상대가 조금도 눈치채지 못하게 평정심을 가지고 문제를 대해야 한다.

서글픈 감정을 드러내는 것은 스스로를 더욱 비참하게 만들어버리기도 한다. 그래서 전혀 그렇지 않은 척 연기를 해야 하는 것이다. 하지만 매번 연기가 잘 되는 것은 아니다. 연기할 준비가 되지 않은 무방비한 상태에서 맞이해야 할 때가 있다. 그래서 평소에도 철저하게 대비해야 한다. 나조차 눈치채지 못하게.

주선자와 카톡으로 대화를 주고받을 당시 난 그 어떤 준비도 되어 있지 않았다. 셀로판지로 속을 보이듯 모든 자극에 반응했고, 감정을 너무 드러냈다. 그냥 '허허, 이것 봐라. 미친 X이네. 그래, 어디 한번 지껄여봐. 내가 또 이런 거에 전혀 흔들리지 않지. 이따위 하찮은 일에 에너지 낭비하지 않겠어' 라는 자세를 취했어야 했다.

당시에 주선자는 큰 아픔을 겪고 있었다. 그래서 주선자가 나를 편하다 못해, 하대하는 듯한 느낌을 받아도 넘어갔고, 넘어가주었다. 어차피 주선자의 큰 슬픔으로 인해 다른 건 신경 쓰이지 않을 거라 생각했다.

그러나 이건 어디까지나 내 기준에서 넘어가 주는 부분이었다. 주선자는 전혀 미안해하지도 않았고 그렇다고 고마워하지도 않았다. '내가 이렇게까지 너의 아픔을 이해하고, 너를 신경 써주기 위해서 참았는데 날 이렇게 대해?'라는 보상 심리로 더욱 화가 났다.

모든 게 지나고 나서 보니 노처녀 히스테리처럼 보일 수도 있을 것 같다. 주선자의 제안에 딱 한 마디면 되었다.

"싫은데!"

이렇게 깔끔한 대답으로 정리할 수 있었다.

그런데 '네가 어떻게 나한테 감히 이름도 몰라요, 성도 모르는 사람과 소개팅을 시켜줄 수 있어?'라고 반응하며 혼자 처량하게 지하까지 떨어졌다. 주선자가 가볍게 던진 말을 확대해석 할 필요는 없었다. 단순하게 싫다고 말하고 넘어가면 되었을 것이다. 그 순간의 감정을 잘 대처하지 못해서 노처녀 히스테리를 부린 여자가 되었다.

이건 처음 겪어본 일이지, 마지막이 되지 않을 것 같았다. 그리고 예감은 틀리지 않았다. 이후로도 이런 일들이 계속되었다. 이런 일에 의연해져야 했다. 그리고 쿨할 순 없어도 쿨한 척은 해야 했다.

다행히도 지금은 쿨한 척을 잘하게 되었다. 감사해야 할 일인지 모르겠지만, 이젠 잘한다.

2018년도의 폭염을 기억하고 있다면, 조금 더 공감할 수 있을 것 같다. 내 기억으로는 너무 더웠다. 가만히 있어도 더웠고, 숨만 쉬고 있어도 땀이 흘렀다.

평소 더위를 잘 타지 않는 편인데도 2018년도의 여름은 좀처럼 견뎌지지 않는 더위였다. 엄마가 이번에는 폭염을 뚫고 선 자리를 성사시켰다. 이번에는 선남에 대한 정보가 전혀 없었다. 엄마가 아시는 분의 또 아시는 분을 통해서 연락이 와서 정보라고 할 것도 없었다. 이번에는 웬일인지 조금도 긴장이 되지도 않았고, 예민하게 받아들이지 않았다. 평소의 나보다 훨씬 유순했고, 엄마 말을 잘 따랐던 것 같다.

치명적인 찌질남

엄마에게 선남에 대한 이야기를 듣고 얼마 지나지 않아 선남에게서 연락이 왔다. 선남은 메시지상으로는 굉장히 딱딱하고, 화가 난 것 같은 느낌이었다. 조금도 부드럽지 않았다. 나 역시 메시지상으로는 부드럽지 않은 편이라, 나와 비슷한 면을 가진 사람일 수도 있겠다 싶었다.

선남은 바로 본론으로 들어가서 언제 시간이 되는지를 물어봤는데, 빨리 해치우고 싶어 하는 느낌이었다. 이 또한 나와 비슷한 것 같아서 선남의 말투도 속도도 이해해줄 수 있었다. 둘 다 사는 동네가 같았기에, 퇴근 후 동네에서 만나기로 했다.

선남의 속도는 약속 시간과 장소를 정해야 하는 시점이 되자 나와 맞지 않기 시작했다. 대답이 많이 느려졌고, 계속해서 미루는 것 같은 느낌을 받게 되었다. 처음과 다른 선남의 속도에 헷갈려졌다. 난 선남의 속도에 맞추려고 했는데, 점점 느려지고 급기야 읽씹이 늘어나자 답답해졌다.

퇴근 시간이야 비슷할 테고, 장소만 정하면 되겠다 싶어서 어디서 보면 좋겠냐고 연락을 했다. 선남은 성가신 듯 전철역 출구 앞에서 보자고 연락이 왔다.

선남과 연락을 하던 때는 7월 중순 무렵으로 더워도 너무 더웠다. 참을 수 없는 더위로 가만히 있어도 땀이 났다. 또 선남이 말한 지하철역 근처에는 선 자리로는 마땅한 곳이 없었다. 역에서 조금 더 걸어가야 이야기할 만한 곳이 있었는데 물러서기 어려웠다. 날도 덥고 하니, 길거리보다는 어디든 안에서 봤으면 좋겠다고 했다.

선남은 그럼 어디면 좋겠냐고 했다. 식당이든 카페든 더위를 피할 수 있는 곳이면 좋겠다고 했더니, 또 다시 대답이 없었다.

당시 나는 취미 활동에 빠져 있었다. 평일에는 야근을 하지 않기 위해 업무 시간에 굉장히 몰입해서 일을 해냈고, 퇴근 이후에는 취미 활동을 신나게 하던 때라 24시간을 알차게 보내려고 했다.

선남과 약속을 정하는 것도 빨리 끝내버리고 싶었는데, 질질 끄는 선남의 속도가 답답했다. 또 다른 한편으로는 이렇게 자연스럽게 연락이 안 되다 만남이 취소되면, 그것도 괜찮겠다는 마음이 들기도 했다.

선남의 느려터진 대답을 기다렸다. 선남은 어쩔 수 없이 연락하는 것이 느껴졌다. 어디서 봤으면 좋겠냐고 다시 물어왔다. 어차피 저녁시간인데 밥을 먹었으면 좋겠다 싶었다. 난 배고프면 예민해지는 사람으로 조금이라도 더 유순한 모습을 보이고 싶었다. 같은 동네에 사니까 어쩌다 서로 마주칠 수도 있지도 모르는데, 잘 안 되더라도 안 좋은 모습으로 기억에 남고 싶진 않았다.

저녁식사 시간에 보는 건데 식사를 하는 게 어떻겠냐고 제안했더니, 다시 그럼 어디에서 보는 게 좋겠냐는 것이다. 당시에 선남의 말투는 신경질적인 느낌을 받을 수 있었다.

(말하진 않았지만 느껴지는 느낌의 선남의 시점)

난 : 그래, 길바닥은 싫다 이거지? 그럼 어디? 어디면 되겠는데?

밥을 먹겠다? 뭐 먹게? 그래서 뭐면 되겠는데?

미묘한 신경전과 함께 언짢아하는 뉘앙스를 풍겼다. 또다시 선남은 읽씹의 자세에 돌입했다. 너무나 답답했다.

'식사하는 게 부담스러우면 카페에서 볼까요?'라고 메시지를 남겼다. 선남은 식사해도 괜찮다고 했다. 전혀 안 괜찮은 듯했으나, 메시지로는 괜찮다고 왔다. 그럼 장소는 내가 알아보겠다 했더니, 그러라고 했다. 뭘 좋아하는지, 가고 싶어하는 곳이 있는지 질문은 하지 않았다. 또다시 시간만 흘러갈 것만 같았다. 당시에 회사에서 교육도 받아야 했고, 업무도 해야 했고 이래저래 바쁘게 지내고 있었다. 선남에게 몇 군데 식당을 골라서 전달했고, 마음에 드는 곳으로 골라보라고 했다. 마음에 안 들면 다른 데도 알아보겠다고 했다.

그로부터 선남에게서 답이 없었다. 그래도 약속을 취소하기로 한다면 미리 연락을 했겠지 싶어서 약속 당일 아침 일찍 일어나 선 자리용 의상과 메이크업을 했다.

만나기로 한 날 점심쯤 선남에게서 연락이 왔다. 아무래도 본인이 생각했던 분은 아닐 것 같다며, 안 보는 게 좋겠다고 했다.

나 역시 "그래요"라고 답변했다. 열이 한껏 받긴 했는데, 또 한편으로는 속 시원했다. 그날 선 자리용 옷을 입고 신나게 야근했던 기억이 있다.

선남과 연락을 하면 할수록 어처구니가 없었다. 폭염에 길바닥에서 봐도 "네네, 좋아요. 당신의 의견에 제가 토를 달면 안 되죠. 그저 따라 가야죠" 해주는 여자를 원했던 것 같다. "밥을 먹든 카페를 가든 당신이 원하시는 곳으로 따라갈게요. 호호호" 하는 여자를 찾고 있었는지 모른다. 난 그런 여자가 아니었고, 그런 여자가 되고 싶지도 않았기에 잘되었다 싶었다.

그런데 아무리 마음이 없었더라도, 약속 당일 몇 시간을 남겨놓고 취소하는 건 진짜 개념을 쌈 싸먹은 것 같았다. 너무 열 받아서 엄마에게 말했고, 엄마도 아무 말도 하지 않으셨다.

그로부터 며칠 후 선남은 보란 듯이 프사에 정면으로 찍은 본인 사진을 올렸다. 선남이 어떤 의도로 올렸는지 모르겠지만, 조금도 선호하는 인상은 아니었다. 쎄도 너무 쎄 보였다.

그로부터 시간이 꽤 지났다. 다니던 회사에 아마추어 사진 작가로 활동하는 지원이 있었다. 굉장히 좋은 카메라를 회사에 가지고 와서 사진 찍고 싶은 직원이 있다면 사진을 찍어 주겠다고 했다.

당시에는 내 돈 주고 사진관에 가서 증명사진 찍어본 게 전부였기에 솔깃했다. 시선이 카메라 렌즈를 향하지 않고 자연스러우면서도 느낌 있는 사진을 찍어보고 싶었다. 그런데 무료로 찍어준다고 하니, 고민할 것도 없이 사진을 찍었다. 평소에 내 얼굴을 프사로 해놓지 않는데, 사진은 거의 인생 샷으로 나와서 바로 프사를 바꿨다.

그로부터 며칠 후 엄마가 다시 내 눈치를 보시면서 말씀하

섰다. "그 남자한테 연락이 왔는데, 너를 다시 만나고 싶어
한대. 너를 마음에 들어한다고, 자기가 그랬던 걸 후회한대.
자기도 그때 왜 그랬는지 모르겠다고 주선자한테 벌써 여러
번 연락이 왔다고 하더라. 만나볼 생각 있어?"

엄마에게 말했다. 그 사람은 아니라고, 연락하면서 있었던
일을 하나씩 시간 흐름에 맞춰 이야기했다.

"선남과 만나기로 한날도 뉴스에서는 폭염으로 인해 야외
활동을 자제하라는 방송도 했었고, 재난 알림 문자가 수시로
울리던 날리던 날이었어. 그런 날씨에 길바닥에서 보자고 하
더라. 그래, 첫 만남의 장소가 길바닥일 수도 있지, 근데 싫
었어. 더워서 땀도 났을 텐데, 열기도 식히고 좀 보송보송한
상태에서 만나고 싶었어. 그리고 길바닥에서 처음 보고 어차
피 다른 장소로 이동을 해야 되잖아.

얼굴 보고 마음에 없으면 바로 헤어지자고 할 마음이 있어
서 그랬는지는 모르겠지만, 어쨌든 어디든 들어가야 하니까,
처음부터 안에 들어가서 보는 게 괜찮겠다 싶었어. 그 어떤
의도가 있었던 게 아니라.

그래서 폭염이라 너무 더울 것 같으니, 어디서 들어가서
안에서 봤으면 좋겠다고 했더니, 대답이 없었어. 연락을 하
던 당시에는 바쁠 수도 있었겠지. 근데 며칠 동안 대답 한번
못할 만큼 바쁘진 않았을 거잖아. 아예 연락이 없더라고.

그러다 그럼 어디 들어가서 보자고 했어. 그래서 어디서

볼지, 몇 시에 볼지 대충 정해서 말했어. 퇴근 후에 일곱 시쯤 보는 건 어떠냐? 식당이 좋냐, 카페가 좋냐 하면서 대략적으로 말했어. 그 사람이 아무것도 안하니까 내가 한 건데, 내가 결정하는 게 싫으면 싫다, 좋으면 좋다 말도 없고 대답이 계속 없더라고.

그리고 식당에서 보자고 하더라. 선 자리에 적당한 식당 알아봐서 전달하는 게, 생각보다 쉬운 게 아니야. 여긴 어떨까? 저긴 어떨까? 고민해보고 다른 데랑 비교도 해보고, 사람들 평도 보고, 하면서 알아보는 데 시간이 걸리는 일이야.

그렇게 알아봐서 적당하다 싶은 곳을 골라서 전달했는데 답은 계속 없고, 심지어 약속 시간 몇 시간 앞두고 조금도 미안한 것 같지도 않은 문자를 보내면서 약속을 취소하는 사람과는 엮이지 싶지 않아.

그리고 마음에 있으면, 먼저 나한테 연락해서 그때는 이런저런 상황이었고, 그래서 이만저만 하게 행동하게 되었다. 아무쪼록 미안하다면서 본인이 연락을 하면 되잖아. 연락처를 모르는 것도 아니고. 그냥 사과를 하기 싫은 거겠지. 말주변도 없어 보이고, 주선자한테 연락해서 어떻게 해서든 만나게 해달라고 한 것 같은데, 되게 못난 사람 같아. 난 안 만날 거야."

말을 듣는 내내, 엄마도 어이없어 하셨고 알겠다고 하셨다.

이후에 선남과 있었던 일을 친구들에게 말을 했다. 소름끼치게 다들 똑같은 말을 했었다. "찌질하다"라고. 나 역시 같은 생각이다. 찌질했다. 본인이 실수한 것 같고, 마음에 있으면 연락하면 되는데 주선자를 통해서 몇 번을 연락을 한다는 건 조금도 이해해주고 싶지 않았다.

이후에도 주선자에게 몇 차례 연락이 왔는데, 엄마가 확실하게 싫다는 의사 표시를 하셨다고 했다.

약속 당일에 퇴짜를 놨던 바람에 선 자리용 의상을 입은 채 야근을 했다. 그로 인해 직원들 모두가 보게 되었고, 약속이 취소되었다고 했지만, 눈치 빠른 여성들이 많은 곳이어서 웬만한 사람들은 내 의상을 보고 어떤 약속이 취소되었는지 아는 것만 같았다. 티내지 않으려고 했지만, 조금은 우울했었다.

그리고 다짐했다. 나랑 잘 맞는 좋은 남자를 꼭 만날 거다. 이딴 새끼한테 연연하지 말자. 나에게 주문을 걸고 또 걸었다. 찌질남을 생각하면 굉장히 불쾌하다. 그리고 만남까지 가지 않은 것이 얼마나 다행인가 싶기도 하다.

오랜 시간 알고 지내던 지인에게서 갑자기 연락이 왔다. 평소 급하고 다혈질인 사람이라서 최대한 차분하고 담대하게 그 지인을 대하려고 노력한다. 그 지인이 나에게 소개팅을 해주겠다는 것이다. 이번에도 급했고, 주어 동사 없이 하고 싶은 말을 늘어놨지만, 지인과 함께한 시간이 길었기에 다 알아들었다.

지인이 아는 사람을 통해서 알게 된 사람인데, 너무 좋은 것 같아서 연락했다고 했다. 남성은 가업을 물려받아서 하고 있는 사람으로 경제적으로는 괜찮은 것 같다는 말 이외에 다른 정보는 없었다. "일단 만나봐라, 괜찮을 거야"라는 말만 반복되었다.

지인도 남성을 만나본 적은 없었고, 건너서 아는 사람이라고 했다. 내 연락처를 남성에게 전달해줄 테니 잘 해보라는 말을 다시 한 번 남기고 전화통화를 마무리했다.

호두 없는 호두과자

그로부터 정확히 한 시간 정도 시간이 흘렀을 때 지인에게 다시 연락이 왔다. 남성에게 내 연락처를 전달해줬고, 곧 연락이 올 테니 잘 받으라는 말이었다. 메시지로 남겨도 충분할 텐데 다시 전화를 했다. 이번에도 차분한 모드로 알겠다고 했다. 나를 생각해주는 건 본인밖에 없지 않냐는 말과 함께 잘되었으면 좋겠다고 했다. 남성에 대해서 아는 게 전혀 없었던 지인이 어떤 점을 보고 잘되었으면 좋겠다고 하는 건지 전혀 이해가 안 되었고, 기분이 유쾌하진 않았다.

좋은 사람이었으면 좋겠다, 혹은 서로 잘 맞는 사람이었으면 좋겠다, 정도의 말이면 될 텐데, 잘되었으면 좋겠다며 벌써 마음속으로는 결혼까지 생각을 했던 모양이다. 결혼은 무조건 호텔에서 해라, 그리고 주차시설이 잘되어 있는 곳에서 해야 되고, 음식도 엄청 중요하다, 혼자서 북 치고 장구 치고 꽹과리 치고 난리가 났다. 지인의 성격을 너무 잘 알고 있어서, 방청객 리액션을 하며 전화를 끊었는데 속에서는 불이 났다.

남성이 아버지의 사업을 물려받아서 하고 있는 일은 딜리버리였다. 배달을 무시하는 것도 아니고, 아버지 사업을 물려받아서 무시하는 것도 아니었다. 다만 지인이 했던 말이 머릿속을 계속 맴돌았다.

"학벌이 뭐가 중요해, 돈 많으면 좋지. 그리고 요즘 직업에 귀천이 어딨어. 결국 돈이 최고 아니야?"

지인은 정말 돈이면 되는 걸까? 학벌은 중요하지 않은 건가? 학벌이 중요하지 않다고 말한 지인의 부인은 좋은 4년제 대학을 나왔고, 좋은 회사를 다녔다. 아이들의 교육을 위해 한석봉 어머니처럼 이사도 몇 번 했다. 그리고 지인이 하는 자랑 중 부인의 학벌과 부인이 다니던 회사 이야기는 절대

빠지지 않는 레퍼토리였다. 다른 사람은 몰라도 지인이 나에게 할 수 있는 말은 아니라고 생각한다.

지인과 연달아 2번 전화통화를 했고 이후에 또다시 전화가 왔다. 남성에게 연락이 왔냐는 것이다. 아직 안 왔다고 했다. 이번에도 잘되면 좋겠다는 말과 함께, 잘되면 크게 쏘라며 최근에 봐둔 차가 있다는 이야기도 했다.

이번에도 그래, 그래, 그럼, 그럼, 을 연발해주며 전화를 끊었다. 그리고 이틀 뒤 또다시 연락이 왔다. 남성에게서 연락이 왔냐고 물어봤다. 아직 안 왔고, 연락 오면 내가 연락하겠다고 끊었다. 당시에 바쁘게 지내고 있었고 지인의 계속되는 전화와 연락에 조금씩 신경질이 나기 시작할 무렵이었다.

그리고선 이틀 뒤 지인에게 연락이 왔다. 남성한테 연락이 왔는데, 남성이 남성 아버지와 대판 싸웠다는 것이다. 남성은 결혼에 관심이 없고, 혼자 살겠다고 부모님과 한바탕했다는 것이다. 한마디로 남성은 독신주의임을 커밍아웃한 것이다.

남성이 결혼거부를 선언하자 남성의 아버님이 지인이 아는 사람에게 연락했고, 또 그 사람이 다시 지인에게까지 연락을 한 것이다. 지인은 잘되었으면 좋았을 텐데 아쉽다는 말을 연발하며 전화를 끊었다.

큰 안도감이 몰려왔다. 천만다행이라는 생각이 들었다. 잘되었어도 잘 안 되었어도 너무 신경 쓸 게 많은 만남이었다.

지인에게 이야기를 전달받고 나서, 남성에게 메시지가 왔다. 늦게 연락해서 미안하다며 한번 보자며 연락이 온 것이다.

메시지 속에서도 정말 어쩔 수 없이, 억지로 보낸 게 충분히 느껴졌다. 난 주선자에게 얘기 전해 들었고, 독신주의라고 하던데 어쩔 수 없이 만나는 거면 안 봐도 된다. 굳이 그럴 필요 없지 않냐고 했다. 난 괜찮으니 전혀 미안해하지 않아도 된다고 보냈다. 남성은 그래서 연락을 늦게 한건 아니라며, ^^ 웃음 표시와 함께 알겠다고 했다. "그래, 네가 못 끝내는 걸 내가 먼저 끝내주니까 좋지?" 싶었다. 그리고 내 예감은 적중했다.

그로부터 이틀 뒤 나는 앞의 에피소드 중 한숨남(29쪽)과 선을 보고 있었다. 한숨남과 선을 보고 헤어지고 집으로 가는 길에 핸드폰을 보니 부재중 통화가 열 통이나 찍혀 있었다. 한숨남과의 선 자리는 세 시간도 안 되었는데 지인의 성격답게 쉴 새 없이 전화를 해댔다.

무슨 일이 있는 건가 싶어 바로 지인에게 전화를 걸었다. 전화를 받자마자 지인은 화가 잔뜩 나 있었다.

지인 : 남성에게 연락이 왔담서? 근데 왜 나한테 말을 안 해?

나 : 그것 때문에 이렇게 많이 전화한 거야?

지인 : 아니, 그게 아니라, 나도 중간에서 전달받은 입장인데 그걸 왜 네가 끝내?

나 : 선을 심심해서 봐? 결혼하려고 보는 거 아냐? 근데 남자가 독신주

　　 의라고 하는데 왜 만나야 되는데?

지인 : 남자가 연락을 했담서.

나 : 연락을 한 게 중요한 게 아니라, 그 사람이 독신주의라는 게 더 중요

　　 한 거 아니야? 부모님 등쌀에 못 이겨서 겨우 연락한 것 같더만.

지인 : 그니까 그걸 네가 왜 판단하냐고.

나 : 내가 그 사람이 독신주의인지 어떻게 알아? 알려줘서 알게 된 거

　　 지. 그리고 그 사람이 내가 그렇게 말했다고 해도, 그 남자가 결혼

　　 마음이 있고, 만나볼 마음이 있었다면 만나자고 했겠지.

지인 : 네가 안 봐도 된다고 하니까 안보겠다고 한 거지.

나 : 나 안 봐도 된다고 하지 않았어. 독신주의인데 마음에 없는데 굳이

　　 애쓰지 말라고 한 거야. 그리고 그 사람은 얼씨구나 좋아서 말했겠

　　 지. 자기가 먼저 거절 못 하는 널 내가 해주니까, 아싸! 하고 바로

　　 말을 전했겠지.

지인 : 그걸 네가 어떻게 알아?

나 : 그럼 어떻게 알고 나한테 연락한 건데?

지인 : 너랑 문자 보낸 거 캡처해서 보냈더라.

　　 순간 머리가 하얗게 되었다. 그걸 그렇게 써먹었네, 미친.
고마운 걸 고마워 할 줄 모르는 배은망덕한 놈이네 싶었다.

나 : 거봐. 안 만나도 되니까 신나서 캡처까지 해서 보낸 거지. 그렇게

는 생각 안 되는 거야? 그리고 내가 독신주의자까지 선볼 만큼 그 정도로 한가하진 않아.

지인 : 됐고, 이제 너한테 소개팅 안 시켜줘.

나 : 그래, 고마워.

지인과는 이 사건 이후 한 번 더 만났다. 지인은 여전히 본인에게 연락 없이 내가 모든 걸 처리한 게 언짢은 모양이었다. 지인 입장에서는 그럴 수도 있다고 생각이 되긴 한다. 그런데 난 지인까지 갈 것도 없다고 생각했고, 시간을 끌고 싶지 않았다. 당시에 한숨남과 한숨 나는 선을 보고 나서 극도의 스트레스를 받고 있었다.

호두 없는 호두과자를 호두과자라 할 수 없듯, 결혼할 마음이 없는 사람을 결혼 선남으로 안 봐도 되는 것 아닌가?

글을 쓰기로 결심하기까진 큰 용기가 필요했다. 자물쇠까지 채워 꽁꽁 숨겨둔 일기장을 공개하는 느낌이었다. 지극히 개인적인 이야기를 공개적으로 발표한다는 것은 쉬운 결정은 아니있다. 하시만 해야겠다는 결심이 들자, 오래전 일들도 생생하게 기억이 나서 감사하게 글을 순조롭게 쓸 수 있었다.

뭐든 시작을 하면 끝을 봐야 속이 편하다. 해야겠다 싶은 일들이 생기면 나만의 리스트에 꾹꾹 담아두었다가 끝을 내야 끝인 성향을 가지고 있다.

그러던 어느 날, 선 자리에서 있었던 일을 글로 정리하는 게 리스트에 올라왔다. 완벽주의 성향이 있는 편이라, 일을 시작하면 내 기준에서 마음에 들게 그리고 잘해야 한다. 완벽해야만 한다는 압박감으로 인해, 미루고 미루다가 더 이상

미룰 수 없는 시점에 마음을 다잡고 글을 써내려갔다.

글을 쓰기 전에는 마치 집들이를 하기 위해 지인들을 집에 초대하기로 했는데, 집은 난장판이고 장조차 보지 않은 것같이 어디서부터 손을 대야 할지 막막했다. 하지만 막상 마음을 먹고 글을 쓰기 시작하자, 생각보다 빠른 시간에 완성이 되었다.

대부분의 선 자리는 두세 시간 정도로 짧기 때문에 단편적인 부분만 보게 된다. 한 사람을 인생의 동반자로 함께할 사람인지 판단하는 기준은 사소할 수도 있고, 반대로 심오할 수도 있다.

나의 경우는 선 자리에서는 인생의 동반자를 만나게 될 것 같은 징조는 조금도 느껴지지 않았다. 처음부터 이렇게는 못 만나겠다는 확신이 있었다. 그런 마음이 강력해서 그런지 선과 관련된 모든 과정 자체가 스트레스였다. 가끔은 너무나 견디기 힘들어서 가만히 있어도 이가 바득바득 갈렸다.

끌어당김 법칙이 있다는데 지긋지긋한 상황 속으로 내 스스로 끌어당기게 된 건지도 모른다. 내 나름대로는 잘 견뎠다고 생각한다. 소개팅을 주선한 친구들과도 의절을 하지도 않았고, 부모님을 여전히 존경하고, 친인척과의 관계도 예전과 크게 다르진 않다.

시작이 있으면 끝이 있다. 그 끝이 아름답기를 원했다. 원하고 또 원하고 기도했다. 지성이면 감천이라고 결국 아름다운 끝을 보게 되었다. 아름다운 끝을 볼 수 있도록 해준 사람들이 있다.

하느님 감사합니다. 부모님과 가족들에게 감사함을 전하고 싶다. 존재만으로도 감사한 부모님과 가족이 있었기에 가능한 일이었다.

특히 엄마. 엄마의 무한한 사랑을 절대 잊지 않을게. 부모님 사랑하고 존경합니다.

우리 가족. 오빠, 언니, 새언니, 형부, 재효, 승효, 준서, 준후, 모두 사랑해.

김지희. 은혜 갚으면서 살게. 고맙고 사랑한다.

북스토리 관계자 여러분, 부족한 제 글을 선택해주시고 멋지게 출판까지 진행해주셔서 감사합니다. 덕분에 삭가라는 직업으로 첫발을 내딛을 수 있도록 해주셔서 감사합니다.

제 글이 누군가에게 힘이 되고 위로가 될 수 있길 바랍니다.
끝까지 읽어주셔서 감사합니다.

글을 마치며